3

Frederick County Public Libraries

**This book** was donated by:
*Este libro ha sido donado por:*

## AUGUSTO RATTI
Founding Publisher-Editor of El Eco de Virginia
*Fundador-Editor, El Eco de Virginia*

## LUIS LOBO
Author and President, Potomac Region, BB&T
*Autory Presidente, Potomac Region, BB&T*

## JORGE RIBAS
Western Maryland Hispanic Chamber of Commerce
*Càmara de Comercio Hispànica, Western Maryland*

*La educaciòn màs que cualquier otra
actividad humana, provee igualdad en la
condiciòn del hombre.* Horace Mann, 1848

# LA PELIRROJA

Roberto Estrada

# La pelirroja

Argentina • Chile • Colombia • España
Estados Unidos • México • Uruguay • Venezuela

© 2004 *by* Roberto Estrada
© 2004 by Ediciones Urano, S.A.
  Aribau, 142, pral. - 08036 Barcelona
  **www.umbrieleditores.com**

ISBN: 84-95618-72-9
Depósito legal: B. 20.233 - 2004

Fotocomposición: Ediciones Urano, S.A.
Impreso por Romanyà Valls, S.A. - Verdaguer, 1 - 08760 Capellades (Barcelona)

Impreso en España - *Printed in Spain*

Que el mundo es horrible
es una verdad que no necesita demostración.

ERNESTO SÁBATO
*El túnel*

# Agradecimientos

A mi amigo Justo Vasco, por avisarme.

A Aranzazu Sumalla, por no asustarse ante la más extravagante propuesta para firmar un contrato.

A Susan Stewart, por su paciencia para seguir conmigo por los tortuosos caminos de los trámites burocráticos de mi país y el suyo.

A Joaquín Baquero, por decirme tantas veces que escribo bien hasta que casi he conseguido creérmelo.

A Ariel, Alejandro y José Roberto, simplemente por estar aquí.

A Miche, por aquel ejemplar de *Viaje al centro de la Tierra* que me inoculó el bicho de la literatura a los siete años, y por su cariño incondicional a través de cinco décadas.

Y por supuesto, a Gisela, por leerse todos mis manuscritos, darme valiosos consejos y soportar los ceniceros repletos, las distracciones y otras calamidades domésticas.

«Soy un hombre que fuma en cualquier parte de la ciudad. A mi alrededor la noche se consuma como un rito...»

Me llamo Andux y esta frase la leí en un libro del que no recuerdo el título, sólo que su autor es sudamericano. Siempre me viene a la mente cuando deambulo por las calles de la Habana Vieja con la apariencia de un hombre que va o viene de una cita, alguien al que están esperando y que va sin prisa para cumplir un compromiso poco deseado.

Me gusta pasearme en la noche con las manos metidas en los bolsillos y un cigarro en la boca, imitando sin proponérmelo a aquellos actores del cine de gángsters; me gusta sentarme a la luz de la luna en los bancos del Prado y tratar de adivinar qué hablan las parejas mientras se arrullan bajo los árboles raquíticos y mal cuidados, o entrar en algún bar a tomarme una cerveza para seguir engañándome con la ilusión de que todavía soy humano, cuando en realidad me he convertido en un golem noctámbulo que se mueve y anda propulsado por alguna fuerza que no tiene nada en común con la vitalidad. Mientras bebo, me entretengo en contemplar las burbujas que suben desde el fondo del vaso, esos pequeños universos cuya corta existencia termina en la superficie del líquido. Es un pasatiempo tonto, que podría resultar de buen gusto si se describiera en una novela del fallecido existencialismo. Llevo a cabo esa pequeña y patética ceremonia acompañada con un sahumerio de cigarrillos y de vez en cuando uso la humedad de la copa para trazar jeroglíficos intrascendentes con la yema del índice.

Cada cierto tiempo me despierto a media noche con deseos de gritar, de salirme de este gelatinoso saco de soledad y desesperanza. No lo logro nunca, y siempre paso en vela el resto de la madrugada; luego, en las mañanas, alcanzo cierta normalidad a medida que voy ejecutando sin deseos los pasos de mi rutina diaria. Me pongo a trabajar con la botella a mano y me olvido de todo hasta la tarde, cuando salgo a caminar otra vez por este barrio donde nací y que cada vez siento menos mío.

En otra época y otro mundo fui joven. El cielo sobre la Rampa también era, o parecía, joven, la vida era una extensión inexplorada donde comenzaba a aventurarme como esos héroes de novela que emprenden un viaje del que regresarán victoriosos, y las mujeres eran un misterio por descubrir. El entorno estaba lleno de ellas, de todas las razas y combinaciones posibles en el ajiaco de esta ciudad que todavía no se había convertido en un paisaje erosionado por décadas de abandono. Entonces tenía amigos y me emocionaba sentarme en el Malecón a ver incendiarse las nubes del atardecer. Faltaba mucho para que me convirtiera en un desecho de guerra amargado e impotente que se bebe una botella cada día en su cuartucho de marginado lleno de virutas y esculturas a medio terminar.

# 1

Durante mi infancia no sucedió nada que justificara el que más tarde me convirtiera en lo que soy.

Y es que eso de los traumas a temprana edad que tuercen la personalidad de la gente a mi modo de ver es puro cuento. A mí nadie me azotó ni me humilló. Mis padres nunca se pelearon ante mis ojos ni se divorciaron, tampoco se engañaron uno al otro, al menos que yo supiera, y si luego murieron en un accidente de coche del que sólo yo sobreviví, eso se debió únicamente al destino, y su muerte no me afectó mas que a cualquier otro crío en similares circunstancias. Sufrí muchísimo durante un tiempo y luego me acostumbré a ser huérfano.

Me llevaron con una hermana de mi padre. Todavía cierro los ojos, me concentro y tengo de nuevo en las fosas nasales el perfume de la colonia que se ponía mi tía Encarna. Sus vestidos negros, sus mantillas de ir a misa, sus pañuelos, el mango del paraguas, el interior de sus bolsos, todo lo que tocaba o le pertenecía estaba siempre saturado de aquel aroma un poco masculino que en ella adquiría otra fragancia más íntima y delicada.

El perfume y la higiene excesiva eran dos de sus pocas cosas agradables; su carácter de solterona, de las peores. Tenía treinta años y había resuelto guardar luto eterno por su único novio, muerto de una artera pulmonía, circunstancia que la había condenado a llevar por siempre una expresión de crispada resignación ante la injusticia de la vida. Muchos años después concluí que toda su acritud y el rigor con que se trataba a sí misma y a los demás no era mas que tristeza por su himen intacto.

Enseguida se aplicó con toda la fuerza de una personalidad de sargento de la Guardia Civil a llevar a efecto sobre mi persona los expresos deseos que mi buen padre había dejado en su testamento, junto con una crecida suma que me libró de la penuria. Yo iba a ser abogado y notario por decreto y sobre ello no había nada que discutir. Mi tía me sometió a una disciplina de cuartel para alcanzar tal fin, y la vida se me transformó en una sucesión de obligaciones ineludibles. En realidad, todo se resumía en estudiar, estudiar y estudiar, con pequeñas pausas para comer, defecar, ir a misa y otros menesteres de poca importancia.

No obstante la severidad de aquel campo de concentración, y el celo de aquella especie de Ilse Koch, nada pudo impedir que la pubertad reventara en mi interior, y como resultado de ello vine un buen día a descubrir, vía el método de prueba y error, los secretos placeres de la masturbación.

Huelga decir que me apliqué de tal manera al sigilo y la conspiración que mi tía nunca sospechó las prácticas desnaturalizadas a que me entregaba en plena noche cuidando de no dejar manchas delatoras en sus inmaculadas sábanas.

Una cosa lleva a otra, el despertar de mi libido por la autocomplacencia me condujo al interés por el sexo opuesto. Primero me fijé en las compañeras del cole, pero eran bastante tontas, nunca he sido un dechado de belleza y mis tímidas operaciones de aproximación fueron un completo fracaso. No me prestaban la más mínima atención, y en ocasiones me despidieron con burlas. Sufrí una violenta decepción, pero a tozudez ni un mulo me gana y no me desanimé, antes bien, me dediqué a pensar en la manera de satisfacer mi creciente curiosidad.

Entré al COU en medio de aquella confusa situación interna, con la agravante de que ahora mis compañeras eran mayores y más apetecibles. Estaba a punto de estallar, era ya un onanista consagrado y buscaba otras salidas al vapor que llenaba mi caldera.

Dicen que las ideas geniales son siempre las más sencillas; yo estoy convencido de ello. Un día, en medio de mis tormentos, se me hizo evidente la verdad: la solución de mi problema estaba allí, a mi alcance, era la tía Encarna.

No me detuve a pensar que la idea era por sí sola una enormidad, el incesto, además de la profanación lasciva de un cuerpo que se mantenía conscientemente en la castidad.

Por supuesto que no tenía intenciones de violarla. Todo lo que me había venido a la mente era explorarla. Durante los años que llevaba viviendo junto a ella me había percatado de que debajo de los feísimos vestidos de beata que siempre llevaba tenía un cuerpo lleno de redondeces.

El único problema era ella misma. Jamás permitiría tal cosa, pero a mí tampoco se me ocurriría contar con su cooperación.

Medité largo tiempo sobre la dificultad. Entretanto la observaba con detenimiento, a hurtadillas, por supuesto, y llegué a encontrarla suficientemente apetecible para mis propósitos.

Primero se me ocurrió atisbar por alguna hendija del cuarto de baño, pero eso no resolvería mi problema. Yo necesitaba tocar. Luego pensé en aprovecharme mientras dormía, pero tenía el sueño ligero. Aquella línea de pensamiento me llevó por un proceso lógico a la idea de un soporífero, y entonces sí que me asusté de mí mismo. Por muy antipática que fuera, yo le había tomado afecto, y después de todo era mi tía, joder.

Tardé semanas en decidirme, tantos eran los escrúpulos que sentía, pero pudo más el instinto oscuro que me bullía dentro.

Uno de mis condiscípulos era hijo de un farmacéutico, yo sabía que acostumbraba a pasar las tardes con su padre y me pegué a él como una lapa. Procuré hacerme su amigo y lo logré. Soy bueno para la actuación. Terminé acompañándolo de vez en cuando en sus visitas a la botica. Allí me comportaba impecablemente para ganarme la estimación del padre. A las tres semanas robé un frasco de píldoras para dormir.

Fue una noche de sábado. Mi tía había preparado un gazpacho. Me las compuse para ponerle cuatro píldoras pulverizadas en su plato mientras ella buscaba la botella de vino en la cocina.

Me preocupaba que se notara el sabor del medicamento, pero lo tomó todo sin levantar la vista del plato. Terminamos de cenar, la tía se sentó a leer una revista del corazón de las que tanto le gustaban y yo fingí que me ponía a estudiar la Ley Hipotecaria, pero por encima del libro no le quitaba ojo.

No había pasado media hora cuando ya estaba dando cabezadas. Yo no lo sabía, pero le había puesto una dosis suficiente para dormir a un insomne crónico.

Se levantó bostezando, me recomendó que apagara las luces antes de acostarme y se fue a su alcoba con paso un poco inseguro.

Me quedé en el diván de la sala de estar con una estampida de potros en el pecho. Trataba de concentrarme en el Principio de Legitimación, que leía y releía, pero las palabras no me llegaban al cerebro. Estaba completamente desbocado en la lujuria imaginativa. Pasé casi una hora tendido allí, con el cuerpo enfebrecido, hasta que me decidí a poner en práctica mi plan.

Me levanté del diván y fui de puntillas hasta su puerta. Apliqué el oído a la cerradura y traté de oír algo. Lo único que pude distinguir, o me imaginé, fueron sus suaves ronquidos.

Abrí la puerta sin hacer ruido y me deslicé en el dormitorio. Mi tía tenía la costumbre de dejar una lámpara encendida sobre el velador, junto a su monumental cama de matrimonio que nunca había soportado retozos amorosos. A la tenue luz pude verla. Dormía como un crío, en posición casi fetal; con las rodillas contra el pecho, un brazo extendido y el otro sobre las pantorrillas. Usaba un largo camisón de seda que se había enredado debido a la extraña postura y dejaba sus piernas al descubierto. No pude evitar un estremecimiento de gozo a la vista de sus muslos carnosos y blancos. Aún no había aparecido la celulitis, pero su volumen me hizo pensar que pocos años más tarde comenzarían los primeros síntomas de deterioro. De momento sólo un delicadísimo entramado de venillas casi imperceptibles decoraba aquellas columnas de carne. Me quedé extasiado en la contemplación de la deliciosa curva de sus pantorrillas, que terminaban en tobillos gruesos y unos pies deliciosamente infantiles.

No supe cómo, pero me encontré de rodillas a los pies del lecho, contemplando de cerca aquella maravilla y aspirando a bocanadas de asmático el perfume que exhalaba. Reparé entonces en la tremenda erección que amenazaba con romperme la bragueta.

Extendí una mano con extrema cautela y pasé las yemas de los dedos sobre uno de sus muslos. El tacto tibio y sedoso me hizo el efecto de una esnifada de caballo, pero conseguí controlarme, no quería estropear mi gozo ni agotarlo demasiado rápido.

Acaricié largamente el muslo y la pantorrilla con extrema delicadeza, para comprobar si estaba lo suficientemente dopada para no sentir nada. Luego oprimí un poco por encima de su rodilla con toda la mano. Pasé un dedo por la cara interior del muslo, donde tenía unos vellos suaves a modo de césped rubio, y sólo emitió un leve quejido inarticulado que de pronto me sobresaltó, pero enseguida comprendí que venía desde lo más profundo del sueño. Estaba completamente a mi merced.

Como un cadáver.

Un cadáver cálido, perfumado y apetecible.

Levanté despacio la falda de su camisón y dejé a la vista sus nalgas, dos grandes semiesferas musculosas y pálidas consteladas de pecas, que lejos de restarle belleza, añadían un toque de encanto. Estaba excitadísimo, ni siquiera me llamó la atención que, siendo tan rígida, durmiera sin ropa interior, porque enseguida me fijé en otra cosa.

El escorzo de su cuerpo hacía que desde la posición en que me encontraba, casi a su espalda, pudiera ver los últimos vellos del pubis, de un delicioso castaño rojizo. Con la misma lentitud con que un cirujano practica una ablación, separé con dos dedos las nalgas y me quedé en extática contemplación del sonrosado orificio de su culo, rodeado de una delicada floración de vellos un poco más oscuros. Me sentía como un entomólogo que examinara una rara y desconocida especie de mariposa en medio de la selva. Estaba en el cielo.

Me ensalivé adecuadamente el índice y lo fui metiendo poco a poco en el tierno agujero. Aún dormida, su esfínter, en un reflejo involuntario, se apretó como un anillo alrededor de mis falanges a medida que iba penetrándola.

Y me quedé allí durante más de una hora, saboreando los tenues latidos de su interior cada vez que movía suavemente el dedo, recordando al niño holandés que taponó el agujero en el dique para impedir la inundación.

Al cabo, mi tía, sin despertarse, se movió un poco y quedó boca arriba. Retiré la mano y evalué la nueva situación. Ahora podía llegar al centro. Una delgada barrera de tela cubría su regazo. La aparté y contemplé con reverencia el triángulo que tantas pasiones despierta en los simples mortales. Metí mis dedos en él. Durante mucho tiempo la masturbé sin tregua.

Ignoro lo que habrá sentido mi tía en su sueño de barbitúricos, pero sí estoy seguro de haber percibido los estremecimientos de su vagina. De cualquier modo, los múltiples orgasmos no la despertaron.

La cubrí de nuevo, salí de su dormitorio y una vez en mi cama me masturbé varias veces; luego caí en un sueño profundo.

No tuve remordimientos después de lo hecho. Comprobé en los días siguientes que mi tía no se había percatado de nada, aunque sí noté una ligera dulcificación de su carácter y lo atribuí al desahogo que le proporcionara.

Después de ese día seguí dopando a mi tía siempre que pude, primero valiéndome de mi amistad con el hijo del boticario, luego por mí mismo, y así seguí, erre que erre, hasta terminar la Facultad de Derecho.

Dediqué más tiempo del que hubiera debido al estudio y las oposiciones para notario. A sugerencia de mi propia tía me instalé en un piso barato. Supongo que después de tanto tiempo ella debía sospechar algo, porque después de mis sesiones nocturnas con su cuerpo algo debía de sentir al despertarse, pero nunca me lo dijo.

Obtuve una notaría y pasé unos años gastando el fondillo de mis pantalones sentado en el despacho de nueve a seis, dedicando a los asuntos de mis clientes el tiempo que debí haber empleado en el ligue. Pasó mi primera juventud y cada vez se me fue haciendo más difícil encontrar alguien a quien llevarme a la cama. Mi tía había envejecido, y un buen día se la llevó un infarto. Me hice fanático de los vídeos porno y, por supuesto, de mi vieja amiga, la masturbación.

Llegué virgen a los treinta y cinco y, precisamente el día de mi cumpleaños, salía de la notaría con mi cartera bajo el brazo cuando vi en la acera una escena que me llevó a cambiar el rumbo de mi vida y hasta a atravesar el mar.

No fue una visión apocalíptica ni mucho menos, no me ocurrió lo que a Pablo de Tarso. Simplemente vi a una pareja morreándose recostada sobre mi coche.

No tendrían más allá de veinte años. La chica era una morena alta y fuerte, con ese cuerpo que da la buena alimentación y el deporte en los campus universitarios. El chico era más alto aún, corpulento y bien plantado, la viva imagen de lo que hubiera querido ser yo. Se abrazaban con fervor y se besaban con ansia de carnívoros. Eran limpios y sanos, seguramente olían a lavanda y jabón.

Me detuve a unos pasos y carraspeé para hacerme notar. Se separaron sobresaltados y se apartaron del coche con aire contrito bajo las luces de las farolas.

«Perdone usted», musitó el chico en voz baja y educada mientras la muchacha mantenía los ojos bajos.

Les sonreí con un gesto de aquí no ha pasado nada y se marcharon calle abajo. Entré al coche sintiendo que la vista de aquellos dos había hecho saltar algún resorte oculto. Se había roto algún tabú.

Me quedé un rato con las manos sobre el volante. Había salido con la intención de cenar en una tasca, llegar temprano a casa y ver un vídeo nuevo con una copa de vino, pero decidí de pronto regalarme una fiesta de carne real.

Salí del coche y me fui a un bar de alterne.

Conocía el lugar, pero nunca había estado allí. En cuanto entré me sentí fuera de ambiente. Los parroquianos que bebían y charlaban en medio de una nube de humo de tabaco y aromas de perfumes caros tenían pinta de habituales, y yo me estrenaba en aquel mundillo e iba en busca de mi primer ligue.

Me senté en una mesa esquinada, pedí una combinación y me puse a observar el ambiente para ponerme a tono, pero no tuve mucho tiempo para aclimatarme porque una tía me abordó antes de los veinte minutos.

Ella nunca lo supo, pero nada más verla se convirtió en mi símbolo sexual. Era una pelirroja descomunal, de las que me gustan. Grande y carnosa. Rozaba la treintena y se le salía la salud por los poros; pecosa y con unos maravillosos ojos azules que relucían en la niebla nicotínica del local.

Llevaba ropa de ejecutiva, un traje de falda y chaqueta de corte irreprochable, y se movía con la desenvoltura de las gentes acostumbradas a mandar.

No recuerdo su nombre, pero sí que era asturiana y muy conversadora. A la media hora de charla ya nos tuteábamos como viejos conocidos. Había algo en su trato que me hizo relajarme.

Bebimos, fumamos y charlamos. Desde el principio nos dijimos con los ojos que el final sería irnos a follar. Ambos lo supimos desde las primeras frases de cortesía y eso nos liberó de la tediosa tarea de intentar ligarnos. Los dos buscábamos lo mismo, y a ella no le interesaban las drogas ni las perversiones. Sólo beber, charlar y luego romper los muelles de una cama.

Me decía cosas levemente obscenas al oído mientras bebía con una mano y me apretaba un muslo y acariciaba mi bragueta con el meñique de la otra. Era una tía sofisticada, olía a Esteé Lauder y a jabón caro, y masticaba chicle, que le mantenía el aliento perfumado a pesar de que fumaba un Chesterfield cada diez minutos. Me tenía desorbitado, lleno de una sensación comparable a la del mastín que acaba de ojear a la liebre, aunque aquella gladiadora más que liebre parecía una corza sobrealimentada.

Comparaciones zoológicas aparte, me excitaba de manera inusual; no lo sabía entonces, pero aquella sensación era tan sexual como homicida. Cachondeo criminal, algo digno de Lombroso.

Pasamos tres horas en el bar. Al final yo no podía soportar el dolor en la entrepierna ni el de la espalda, el primero por razones obvias, y el segundo porque ella estaba todo el tiempo echada encima de mí y su talla y corpulencia estaban acordes con su peso. No obstante, me sentía en el cielo, flotando entre nubes, y el humo del bar me ayudaba a esa ensoñación cursi. Aquello prometía ser mucho más emocionante que mis tristes abusos lascivos con la infeliz tía Encarna.

Salimos de madrugada, con unas cuantas copas de más, y en dos frases acordamos que sería en su piso. El mío quedaba muy lejos y no estábamos para dilaciones.

Tenía un Volvo rojo sangre, y en él navegamos por el Bilbao nocturno, que desfilaba ante mis ojos alebrestados semejante a la visión de un acuario lleno de extraños peces bípedos, en su mayoría dedicados a menesteres relacionados con la comida y el apareamiento. Los neones parecían darme la bienvenida a aquel mundo que recién estrenaba. Dentro del recinto climatizado del coche, el perfume de la asturiana, mezclado con el olor a hembra caliente que exhalaba su cuerpo, las emanaciones a champú de su cabello, el aroma a cigarrillo rubio y el desodorante de sus axilas formaban una mezcla de insoportable delicia.

Me estaba hundiendo en un mar de sensaciones olfativas y táctiles. Ella conducía con una mano en el volante y la otra dentro de mi pantalón, aprisionando mi rigidez en un cepo de uñas largas y acariciadoras, y yo apropiado de sus tetas, sopesando su calor y la textura elástica de su enormidad. Nos besábamos con voracidad sin prestar atención a los semáforos.

Cuando dijo «ya llegamos» casi no sabía quién era yo mismo, estaba fuera de la realidad, con toda mi atención dirigida hacia un sitio entre sus piernas oculto por el elegante envoltorio de telas caras y lencería fina. El mundo, para mis sentidos alterados, se había convertido en un túnel oscuro con una luz al final, y bajo esa luz resplandecía mi imagen mental de su coño.

Ascendimos por una escalera semejantes a una bestia de cuatro piernas y dos cabezas, tropezando en los rellanos y trastabillando en los recodos. Ella sacó una llave en la pausa entre dos besos y conseguimos entrar en su piso: una llanura enmoquetada, con oasis de divanes, mesitas de café, equipos de vídeo, estéreo e innumerables adminículos de buen gusto que no tuve la delicadeza de apreciar, porque no más entrar se me abalanzó, me aplastó con todas sus protuberancias y redondeces perfumadas y me sorbió con un beso estremecedor. Nos quedamos apoyados contra la puerta, trabados de brazos y piernas mientras intentábamos infructuosamente desnudarnos uno al otro sin separarnos ni un milímetro. Bajé la mano poco a poco a lo largo de sus lomos, remonté la curva de su monumental trasero, alcancé el borde de su minifalda, la alcé un poco, busqué en el desfiladero apartando la empapada braga de encaje y puse con mucha delicadeza la yema de mi dedo medio en el glorioso y tibio agujerito de su culo, el más hermoso accidente anatómico que para mí tiene el cuerpo de una mujer.

Su lengua cálida me inundaba la boca de una saliva dulce y alcoholada. Sus muslos me aprisionaban como si mi cuerpo fuera un arbolillo al que tratara de trepar. El mundo entero me daba vueltas mientras al fin comenzamos a desnudarnos.

Nuestro inacabable beso era un vínculo volcánico entre dos microcosmos enardecidos. Empujé un poco, tímidamente, y metí mi dedo en su ano. Un círculo de carne tensa lo acogió con un tibio apretón. Ella se volvió loca.

Tía Encarna.

Estábamos sobre la moqueta, a cuatro patas, igual que los irracionales de la canción, y ella empujaba su trasero contra mis ingles. No se imaginaba que para mí era la primera vez. Pero yo estaba al otro lado del asombro y la sorpresa. Traté de orientarme, puse mi órgano en el lugar y a la altura donde supuse que debía ir, y empujé suavemente. Para mi infinito deleite me sentí resbalar hacia sus profundidades como si me deslizara dentro de un tarro de miel.

Tía Encarna.

Oía voces que me susurraban y gritaban cosas incomprensibles, olí el perfume de mi tía en el aire, me rozó una de sus mantillas de encaje como si ella estuviera allí, junto a mí, contemplando impávida la manera en que follaba a aquella espléndida desconocida, dándole el goce que ella nunca conoció, desvergonzado y procaz, inserto en aquel coño frente a sus ojos escandalizados, pleno y exultante de mi obsceno triunfo, cabalgando aquellas ancas desbocadas cuya dueña me gritaba que la follase con fuerza, «dame duro, gilipollas», y su voz venía de muy lejos, del otro confín del mundo, a través de una niebla rojiza que penetraba en la habitación y me ocultaba la llanura pecosa de su espalda.

En medio de la bruma vi a mi tía sentada en un diván. En una mano sostenía un rosario, y con la otra se hurgaba entre las piernas impúdicamente abiertas, su falda remangada en las caderas descubría las redondeces de los muslos y la herida roja y húmeda donde sus dedos se hundían. En sus ojos, una orden silente, una mirada imperiosa que iba de mis ojos a la mujer que se regodeaba debajo de mí. Un mensaje.

Y la asturiana maullaba, balaba y mugía abandonada a la merced de sus instintos, al vaivén salvaje de la coyunda. Arañaba la moqueta con sus manicuradas uñas de ejecutiva, rugía palabrotas de arriero, se tironeaba de las greñas, empujaba con grosera lascivia su trasero contra mis caderas, buscando que llegara a lo más hondo, pegando puñetazos contra el suelo, abandonado ya el delgado barniz que pone la civilización sobre los deseos, en pleno estallido de la furia de la fornicación más primitiva, idéntica a una yegua ayuntándose en un corral.

Me entregué a un galope frenético sobre sus ancas alzadas, a un deseo incontrolable de penetración y desgarramiento, bajo la mirada encendida de mi tía, que en el diván seguía autocomplaciéndose con voraz persistencia, con la muda orden de sus ojos llameantes, y me agarré con ambas manos del cuello de la asturiana, mientras todo mi cuerpo se transformaba en un ariete que la penetraba en un crescendo interminable, en medio de sus gritos de desesperación.

Y todo se oscureció. Me despeñé en una quebrada sin fondo con el cuerpo acribillado de sensaciones.

Cuando me recobré parecía haber pasado un siglo, pero aún estaba dentro de la asturiana. Nuestros cuerpos eran un lío de brazos y piernas. Me desasí y entonces reparé en sus magníficos ojos de cielo desorbitados, en la lengua que colgaba a un lado de su boca en un remolino de saliva espumosa, en las marcas moradas de su cuello.

El olor de su perfume en el aire estaba oscurecido por la presencia de la muerte.

Me puse de pie, desnudo y confuso, y busqué a mi tía, pero ya se había ido. Estaba solo con mi primera amante.

Así cometí mi primer asesinato.

Regresé a mi piso en un segundo estado. Casi debería decir como un hombre nuevo. Después del acceso inicial de terror, una inusual calma me había tranquilizado. Con glacial parsimonia recogí mis ropas y recorrí en sentido inverso todas mis acciones desde mi llegada. No había tocado nada, ni un vaso, ni el pomo de una puerta, ni la esquina de una mesa. El único rastro que dejaría atrás sería un poco de semen dentro del cadáver —tuve un pequeño sobresalto al pensar en ella como en un cadáver, pero lo superé—, así que no me preocupé demasiado. Contemplé de cerca su cara, que hasta muerta seguía estando hermosa, a pesar de la expresión, y me sorprendí de no sentir nada parecido a la compasión. Así debía ser, así tenía que ser, placer y dolor, orgasmo y muerte. Un infinito gozo me trastornaba, aquella mujer me había abierto las puertas del edén, la había gozado y la había agotado de la misma manera en que se consume una cerilla. La comparación me pareció excelente, pero de pronto me percaté de que estaba perdiéndome en divagaciones filosóficas en una casa ajena y junto al cadáver todavía tibio de su dueña. Tenía que largarme, pero no sin despedirme de quien tanto me había ofrecido en sólo una velada. Me incliné y la besé en los labios sin tocarla. Ya se empezaba a enfriar, pero aún la sentí apetecible, murmuré un adiós y un requiebro a su oído y me puse de pie para marcharme. Me aseguré de no dejar nada tirado por allí, abrí la puerta con un pañuelo en la mano y me largué a la noche sintiéndome en paz conmigo mismo y con el resto del estúpido mundo.

Por el camino estuve pensando en el bar. Alguien podía recordarme, pero no me preocupé. Nunca antes había estado allí y el camarero me había visto en la semioscuridad. Un tipo bajito, con cara de gilipollas, gafas redondas y un poco calvo, le diría a la policía, en el caso de que le preguntaran sobre mí, si conectaban el homicidio con el bar y conmigo, algo muy poco probable. La mujer me había confesado que ella también estaba allí por primera vez. Llevaba casi un año separada, se sentía cachonda y después de un esfuerzo por superar sus escrúpulos, había decidido follarse al primer tío que le gustara en el bar.

Y ése fui yo. Me dio un regalo inestimable, su coño y su vida.

Llegué al piso, me di una ducha, tomé un tentempié y me fui a la cama, pero no me podía dormir. Mi estado de ánimo era el de quien abre un armario viejo y empolvado y se encuentra un diamante en un cajón. Lo sucedido me tenía fuera de control.

No cometí la tontería de escandalizarme. La sensación de felicidad posterior bastaba por sí sola para justificarlo todo.

Traté de psicoanalizarme yo mismo. Está claro que no soy un psicópata, si me he dedicado a matar mujeres no es porque tenga nada contra ellas, es sencillamente porque me gusta matarlas cuando tengo el orgasmo. El único puto inconveniente es que la sociedad que llamamos civilizada castiga esos placeres con la cárcel o la pena capital.

Pero eso lo comprendí mucho después. Aquella noche, todavía

con su divino olor en mi cuerpo, no pude razonar. Cuando me convencí a mí mismo de que nada me impedía volver a hacerlo, conseguí dormirme.

Estuve una semana sonámbulo. Después del lío me sentía tan excitado como un mandril. Apenas podía soportar la rutina del despacho. Firmaba las escrituras que me traía el pasante, atendía los faxes que llegaban de los Registros de la Propiedad, escuchaba con fingida atención a los clientes e intentaba en todo comportarme normalmente, pero para lograrlo necesitaba un gran esfuerzo. Compraba los periódicos y me encerraba a escudriñar página tras página buscando mi noticia, y así pasaron días. Hasta que la encontré. Era una nota corriente y moliente, más bien escueta: una mujer de treinta y tres años, psicóloga de profesión, natural de Gijón, avecindada en calle tal y cual, encontrada estrangulada en su piso, desnuda y con señales de haber tenido relaciones sexuales inmediatamente anteriores al fallecimiento. La policía había etiquetado el caso como crimen pasional, el juez de instrucción don Tal, consideró oportuno librar auto de detención contra don Cual, de cuarenta y un años, informático, ex esposo de la víctima, quien la asediaba de modo público y notorio exigiéndole reanudar las relaciones maritales, etcétera.

No se mencionaba para nada el bar donde nos habíamos conocido ni al señor con gafitas que la había follado como un descosido antes del infortunado óbito. Estaba a salvo.

Pero todo había cambiado. Ya los vídeos suecos no me satisfacían. Las rubias doradas e impúdicas que desde la pantalla de la tele soliviantaban mi morbo repentinamente se habían convertido sólo en lo que eran: simples imágenes para reprimidos como era yo hasta el día de mi iniciación.

He oído decir que los animales carnívoros no son muy propensos a atacar a los humanos hasta que prueban su carne; y si lo hacen se convierten en adictos, en devoradores de hombres. A mí me sucedió lo mismo. La experiencia me había devastado. Necesitaba sexo real. Carne tibia, venas latiendo. Olor a hembra.

Pero tenía que precaverme. Volvería a hacerlo, y no quería po-

nerme en bandeja en manos de la madera. Se me ocurrió comprar ropas diferentes de las que uso habitualmente. Una chaqueta de cuero
negro con adornos metálicos, un jersey del mismo color, caro pero no
ostentoso, y un par de botas de motociclista. También compré una
excelente navaja de resorte con el mango de nácar y una hoja ancha y
pulida. Cuando me miré al espejo con aquel disfraz me vi pinta de
macarra, pero no me disgustó mi aspecto, parecía otro, y eso era lo
que importaba.

De todas formas dejé pasar tres semanas antes de decidirme a actuar de nuevo. Escogí un bar muy distante del primero, me puse el
disfraz y me derramé encima medio frasco de Brut, esa maravilla de
colonia, la única fragancia masculina que soporto.

Me aposté en una mesa de rincón, crucé los dedos y esperé que
alguna mosca cayera en mi tela.

La primera en acercarse fue una profesional. Aunque pulida, se
le asomaba lo hortera por las costuras, una morena delgada y nerviosa que fumaba con desespero un pitillo tras de otro. Hizo un intento
verdaderamente meritorio de ligarme, pero le dije que ya había quedado con alguien y se fue, un poco ofendida.

Pasé una hora a solas con mi copa de *scotch*. Una mirada insisten-
te me hizo reparar en mi segunda presa. Era una rubia con una melena
aleonada sentada en el extremo de la barra. Estaba enviándome un
rayo láser de provocación con sus ojos verdes maquillados en exceso.

Le mandé un recado con el mozo. No se hizo la estrecha, de inmediato recogió su vaso, atravesó el local con un contoneo destinado
a mostrarme lo buena que estaba y vino a sentarse conmigo. Me gustó que fuera decidida. Aborrezco la gazmoñería.

Se sentó con actitud de condesa exiliada y me examinó con ojo
crítico.

—Pensé que nunca ibas a percatarte —me dijo a modo de saludo—, llevo media hora mirándote.

Mascullé una excusa tonta y le pregunté qué le apetecía beber.

—Ya tengo un trago —me sonrió mostrando la copa—. Ginebra
con tónic, lo único pasable que se sirve aquí.

Estaba ligeramente borracha, y su aliento dulzón me llegaba a
través de la mesa combinado con el olor de su cuerpo.

Mientras hilvanaba una conversación la examiné de manera minuciosa. Todo en ella era de mi gusto. No llegaba a la corpulencia de la asturiana, pero tenía un cuerpo robusto y unos pechos potentes. El resto del encanto se lo proveía un notable parecido con Norma Duval, y aquello sí que me traía de cabeza. Pensé mientras la valoraba que esa manía moderna por las bellezas anoréxicas impuesta por la Claudia Schiffer y comparsa ha condenado irremediablemente a las mujeres voluminosas a los bares de ligue. Eso me favorece porque, a mí, cuanto más forzudas, mejor.

Terminó su ginebra y pedí dos vodkas Viborowa con zumo de naranja, aquella noche me sentía exótico.

Covadonga. Me dijo que su nombre no le gustaba y le di la razón, que me recordaba a la virgen y aquello no le iba. Soltó una corta carcajada matizada por el vodka y me extasié viendo sus dientes sanos y limpios y la lengua rosada, húmeda e invitadora. Tuve un escalofrío sólo de imaginármela lamiéndome.

A partir del vodka la conversación se deslizó por los cauces de la estimulación etílica, pero no me satisfizo totalmente. Mi nueva amiga carecía del encanto animal y el gracejo de la asturiana. Tampoco era lo suficientemente inteligente para sostener una conversación interesante, o tal vez el alcohol la tenía un poco embotada. En fin, que era sólo culo y tetas.

Lo que sí teníamos claro era el polvo después del bar, pero en eso tampoco tuve suerte. Cuando al fin salimos ella me dijo que no podíamos ir a su piso porque un hermano había venido desde Algeciras a quedarse unos días, le había dejado para salir de bares porque ella era muy liberal y a él no le importaba pasar una velada solo. Yo no tenía ninguna intención de llevarla al mío y me excusé vagamente. Nos quedamos unos momentos en la acera sin saber qué hacer, dos náufragos un poco achispados deslumbrados por los neones de la entrada. Ella lo decidió todo con una invitación a hacerlo dentro de su coche.

Subimos y dimos vueltas hasta encontrar una calle oscura. La maté después de un polvete insatisfactorio que más pareció una sesión de gimnasia sueca debido a lo estrecho del lugar. Salí del coche y caminé unas cuantas calles sintiéndome chasqueado y con un humor de perros mientras la luna me hacía muecas desde el pozo oscuro del cielo. No era más que un pobre gilipollas persiguiendo un placer difícil.

Cinco o seis esquinas mas allá encontré un cine porno. Miré durante un rato las bellezas de papel que anunciaban un bodrio llamado *El intenso placer del sexo* y al fin me decidí a entrar. El local olía a humo de tabaco, humedad y efluvios humanos menos nobles: sudor conservado en aire acondicionado, orines y semen.

El patio de butacas estaba casi desierto, descontando a tres o cuatro sombras en las primeras filas.

No hice más que sentarme y me abordó una pajillera. Regalo de Dios.

Me hizo una oferta mientras me ponía una mano artera sobre el muslo, con mucha delicadeza, precaviéndose de un rechazo violento.

La examiné unos segundos a la débil luz de la pantalla donde dos mastodontes rubios fornicaban simultáneamente a una mulata delgada que parecía a punto de romperse, pero exhibía una beatífica sonrisa destinada al camarógrafo, alternándola con periódicas erupciones de jadeos y grititos de placer.

Ella reiteró la oferta mirándome a los ojos mientras deslizaba su mano hacia la parte alta de mi muslo. Era una morena descolorida, con la cara ratonil cubierta por una máscara de maquillaje apreciable incluso en la media luz del cine. Le ofrecí el doble por un francés; se sorprendió pero no demasiado.

—Vale —me dijo con una sonrisa—. A juzgar por el perfume que llevas, pareces limpio.

Se inclinó sobre mi regazo y me abrió la bragueta con los dientes.

La dejé hacer.

Mis actos siempre precedían a las decisiones de mi voluntad. Por supuesto que era dueño de mí mismo, pero sólo como una especie de usufructuario de mi cuerpo, dirigido por un designio más fuerte que yo, una entidad que movía mi conciencia a su aire, dejándome una ínfima participación en los acontecimientos. De pronto, lo que estaba temiendo, y deseando, ocurrió. La mulata de la pantalla, que se debatía en la fingida agonía de un orgasmo interminable pespunteado de gritos y exclamaciones, trasmutó su cara en la de mi tía Encarna. Desde su lejanía cinematográfica me lanzó una mirada imperiosa y me quedé petrificado, con la polla en la boca de aquella desconocida que se afanaba con toda su ciencia de trotacalles y el vigor de su lengua para ganarse la paga.

Saqué la navaja del bolsillo de mi chaqueta y la abrí enmascarando el sonido en el estallido final de la mulata-tía. Cuando me estaba corriendo degollé a la pajillera con un solo corte y la empujé a un lado para que no me salpicara los pantalones. No emitió ni un sonido, y yo apreté su cabeza hacia abajo y la mantuve agachada entre las dos filas de butacas hasta que cesaron sus débiles pataleos y dejó de respirar.

Me cerré la bragueta, la dejé allí, doblada sobre sí misma con la apariencia de quien busca un pendiente caído, y me dirigí a la calle. Antes de abandonar la sala miré hacia atrás y en la pantalla estaba de nuevo la mulata, derrumbada entre los dos titanes.

No había estado en el cine ni cuarenta minutos. Me detuve en una esquina y comprobé si me había manchado de sangre, pero salvo pequeñas salpicaduras en los zapatos estaba limpio.

Caminé dos horas por la ciudad hasta llegar a mi piso, prefería no abordar un taxi. Tomé un baño y me fui a la cama.

En mitad de la madrugada me despertó una inquietud insoportable. Me ahogaba la soledad. Acababa de descubrir un mundo y no podía compartirlo con nadie. Ninguno de los infelices que poblaban las calles, ninguno de los papanatas que a diario acudían al despacho, nadie, podría saber, nadie tendría acceso a mi jardín de placer privado. Era mi secreto, pero su posesión exclusiva me parecía demasiado. Necesitaba comunicar a otros el inefable goce de los olores a hembra, el nítido deleite de los estertores agónicos, la estética de los últimos segundos de vida.

Aquel conocimiento secreto me colocaba en un nicho de supremacía absoluta, pero no podía disfrutarlo a plenitud por la imposibilidad de revelarlo.

De pronto decidí escribirlo. Relatarlo desde el principio, poniendo cada una de mis emociones en el papel. No una novela, un simple relato de mis andanzas, una crónica de la que yo sería el protagonista, el autor y el único lector.

Al día siguiente compré un cuaderno grueso de tapas duras y me apliqué a escribir.

# 2

El camino era apenas una cinta mal trazada en medio de la selva, las ramas bajas nos azotaban las cabezas y nos inclinábamos un poco, por la fuerza de la costumbre, después de meses de andar sobre camiones entre la vegetación.

El BTR en que viajábamos iba al frente de la caravana, separado de ésta unos dos o tres kilómetros, y nos habían ordenado estar «a la que se te cayó» porque había unidades de UNITA operando en la zona y la cosa estaba ardiendo.

Éramos una escuadra de exploración sin ningún deseo de explorar.

Luyanó, el Wichy y yo compartíamos el último cigarro sin prestar atención al camino. Estábamos cansados a morirnos y empapados hasta los huesos por un chaparrón. La humedad del aire casi podía tocarse y lo que más deseábamos era hacer un alto; campamento, calor, comida y dormir un poco. Habíamos mandado al carajo las precauciones y la vigilancia.

El único que aparentaba estar al tanto era Torres, no fumaba y se mantenía un poco apartado, posiblemente pensando en su casa de Pinar del Río y en el hijo visto sólo en fotos. El único soldado FAPLA que nos acompañaba estaba sentado detrás, absorto en la contemplación del cielo.

—Cuando regrese voy a decirle a la jeva que pida vacaciones —dijo Luyanó, mientras daba una chupada al cigarro.

—Y te vas a pasar una semana metido con ella en la cama —observó Wichy con una risita—. Ya contaste eso un millón de veces, cambia el disco y pásame el cabo.

Luyanó apuró la última chupada y alargó el brazo con el medio cigarro humeante. Abrí la boca para protestar porque me tocaba a mí.

Entonces estalló la primera granada de mortero.

El chófer gritó: «¡Cojones!», y se quedó muerto en el sitio cuando un cascote le arrancó la mitad del occipital.

Torres me miró con ojos desorbitados y se desplomó con el pecho convertido en un amasijo de sangre y huesos destrozados entre los jirones de la camisa.

La segunda explosión volcó el BTR y de pronto estuve tirado en la linde de la selva con Luyanó a mi lado. Todo era confusión, gritos, explosiones.

Levanté el fusil y disparé una ráfaga larga hacia la espesura. El FAPLA se parapetó junto a nosotros y se puso a preparar su lanzacohetes.

En el intervalo entre dos morterazos un aguacero de balas salió de la selva y nos barrió. El FAPLA soltó un gruñido extraño, dejó caer el arma y se fue de lado. Un tiro en un ojo. Me subió un espasmo de náusea a la vista de la cuenca vacía, pero lo pude controlar. Un dolor candente me atravesó el brazo por encima del codo.

Quise decirle a Luyanó «¡Me hirieron!», pero el ruido me hizo desistir, las bombas seguían cayendo y Luyanó estaba vaciando el cargador a ciegas y gritando todas las palabrotas de su léxico.

Wichy vino arrastrándose, cogió el lanzacohetes y disparó hacia la manigua. El cohete estalló cerca y oímos una inmensa gritería con maligna alegría.

Luyanó dejó de disparar.

—Se me acabó el cargador —dijo mientras se ladeaba para sacar otro de la bolsa, pero un tiro lo cogió en el muslo y se revolcó en el fango.

Volví a disparar con rabia. Nos arrastramos hacia atrás, buscando refugio bajo el BTR volcado y contestamos como pudimos el diluvio de fuego que salía de entre los árboles.

Se hizo silencio de pronto, y un minuto después los UNITA salieron de la selva y cargaron contra nosotros. Abrimos fuego y matamos unos cuantos, pero era una compañía entera y no pudimos con ellos, nos rodearon, se nos echaron encima y recibimos un sinfín de culatazos, patadas y golpes de todas clases hasta que alguien ladró una orden, la turba se apartó y un tipo parecido a un gorila con aspecto de jefe se abrió paso entre los soldados y se nos encaró.

Todavía veo su cara cuando tengo pesadillas. King Kong con una boina en la cabeza y un fusil en las manos. Como un telón de fondo se oía el ruido de los proyectiles que ahora caían más lejos, hacia donde estaba el resto de nuestra caravana.

El oficial agarró a Wichy, lo hizo apoyarse con las manos a un árbol. Sacó una pistola y le disparó en la sien.

Luyanó me miró. El gorila se nos acercó, lo arrastró por la pierna herida hasta el centro del camino e hizo señas a cuatro soldados para que lo inmovilizaran. Le pidió un machetín a otro y se paró con las piernas a ambos lados del cuerpo del caído.

—Andux, coño, que me va a matar —exclamó Luyanó mientras le arrancaban la camisa.

No podía ayudarlo, dos UNITA me sujetaban con fuerza y el brazo del tiro me dolía como si me lo hubieran arrancado. Deseé estar a mil kilómetros de allí.

El resto lo vi entre lágrimas. El gorila, con mucha delicadeza, fue abriendo en canal a Luyanó, como si fuera un puerco para asar, desde la base del cuello hasta la pelvis. Los gritos me volvieron loco. Un mar de sangre empapó la tierra mientras las vísceras palpitantes quedaban al descubierto. El aire se llenó de un intenso olor a sangre y mierda que me hizo vomitar.

El gorila se volvió hacia mí. Su cara permanecía inexpresiva, pero en sus ojos brillaba un gozo obsceno, de animal de presa.

Dio unas órdenes y los soldados me obligaron a tenderme en el fango, cerca de Luyanó. Todavía estaba vivo, tenía la cabeza caída hacia un lado. Me miró con ojos suplicantes que comenzaban a vidriarse y quiso decirme algo, pero se atragantó, le sobrevino un vomito de sangre y murió.

Alguien a mi espalda me cortaba los pantalones con un cuchillo. En un instante de aterrada lucidez supe lo que iban a hacerme y grité como un endemoniado, pero mis captores no me permitían moverme.

Me violaron por turno. Después de la primera vez todo se transformó en un marasmo de dolor indescriptible, vergüenza y deseos de que me acabaran de matar, pero, aun así, mis sentidos percibieron el cese de las explosiones en la dirección de la caravana.

Cuando el sexto o el séptimo soldado estaba dentro de mí, jadeando en mis oídos como un puerco, un huracán de fuego barrió el lugar.

Los nuestros contraatacaban. Pasó un helicóptero ametrallando y un pelotón de infantería salió de la nada y comenzó a batir a los UNITA.

En medio de aquel infierno apareció Góngora echando cojones y disparando con un fusil en cada mano, a la manera de un cowboy. Los UNITA no pudieron retirarse porque los habían rodeado. Cuando los nuestros vieron los cadáveres de Luyanó y Wichy no dejaron títere con cabeza.

Alguien me levantó y me ayudó a arreglarme los pantalones destrozados. Góngora me miró y desvié la vista, nadie me preguntó nada, pero todos adivinaron lo que me habían hecho, y su silencio apenado fue peor que si se hubieran puesto a consolarme. La vergüenza me ahogaba.

Entonces vi al gorila. Estaba herido en el vientre, recostado contra una rueda del BTR volcado. Me solté del FAPLA que me estaba sosteniendo y caminé trastabillando, perniabierto y soportando el dolor en el ano hasta que estuve junto a él. Lo miré a los ojos y no encontré nada, la expresión que podría tener una iguana. Cogí su pistola, la puse en mi cinturón y le recogí el machetín que estaba tirado a dos pasos. No dije una palabra. Me afirmé bien para no perder el equilibrio y le corté la cabeza de un tajo. Del muñón salió un surtidor de sangre que me empapó la cara y el pecho.

Nadie se atrevió a acercárseme.

Me quedé riéndome como un loco viendo la cabeza rodar, aún con los ojos abiertos. Luego me dio un ataque de histeria y me desmayé.

Cuando me recobré estaba en un hospital de campaña amarrado

con correas. Una enfermera me dijo que había estado loco una semana.

Unos días después vino Góngora. Hablamos algunas tonterías y luego fue al grano.

—¿Cómo te sientes? —me preguntó con cara de quien sabe que está diciendo una sandez.

—¿Qué tú crees? Vine desde casa del carajo a esta guerra de mierda, destripan a un socio delante de mí, me cogen el culo, y tú me preguntas cómo me siento.

No dijo nada, pero lo que hizo fue mejor que cualquier palabra de aliento, me pasó la mano por la cabeza en un gesto similar al de mi difunto padre y se fue.

Me quedé un tiempo en el hospital, tenía los intestinos lastimados y el cerebro trastornado. De vez en cuando me daba un ataque de furia homicida y tenían que amarrarme antes de inyectarme diazepam.

Me trasladaron a otro hospital en Luanda, allí me vieron dos o tres loqueros distintos hasta que la comisión médica determinó licenciarme. Me devolvieron en avión con unos cuantos desechos iguales a mí.

Cuando llegué a La Habana estuve un tiempo bajo tratamiento. Un día el médico mencionó la palabra electroshock y hasta allí duró la cosa. Me puse de pie, me cagué en su madre, salí de la consulta y no volví a poner un pie en aquel hospital.

El único tipo al que podía decirle que ya no se me paraba era Góngora, y no había regresado.

Pensé en darme un tiro, pero no tenía con qué, la pistola del oficial de la UNITA la tenía Góngora, estaba fuera del servicio, impotente y bastante jodido de la cabeza. Ahorcarme me pareció antiestético, y cortarme las venas, afeminado. No tenía solución.

Cuando se hizo evidente que no podríamos tener sexo normalmente debido a mi disfunción eréctil, mi mujer adoptó una actitud entre escéptica y resentida, como si yo le hubiera hecho una jugarreta indigna. Desde que éramos novios yo la apodaba «la divina Julia», no tanto por su belleza, sino porque siempre tenía o creía tener la razón. En todo, siempre y de manera absoluta. A ese defecto, yo siempre le había encontrado innumerables disculpas porque lo cierto es que me bebía los vientos por ella.

Hice a un lado mi repugnancia hacia los médicos y fui a la clínica de salud mental del barrio, donde un esmirriado psicólogo chileno pasó horas explicándome lo que tenía que hacer para levantarla, es decir, no pensar en absoluto que tenía que levantárseme. Durante interminables sesiones de psicoterapia me recomendó de maneras diferentes siempre lo mismo: dedicar mucho tiempo a juegos eróticos sin intención de penetración antes de intentar una relación completa. Todo ello con la ayuda y la complicidad de mi esposa, por supuesto.

Tan maravillosa argumentación científica se fue a la mierda cuando se la trasladé a Julia. Con una sola frase lapidaria me dijo que no contara con ella para jueguitos, que si no me bastaba la vista de su desnudez para excitarme era mi problema.

Tenía una concepción del acto amoroso simple y sin florituras, casi primitiva: dos o tres besos y abrazos la ponían a punto. Iniciaba una secuencia de suspiros y frases incoherentes mientras se agarraba a mí como si estuviera a punto de caerse a un abismo, ponía los ojos en blanco, me daba manotazos urgiéndome para que entrara en ella y enseguida se desbarrancaba en un remolino de meneos desordenados y un gran final de chillidos espeluznantes.

Su negativa a ayudarme me dejó hecho mierda.

Intenté hacer un experimento con otra mujer. Me pasé semanas engatusando a una perica que desde tiempo atrás me sacaba fiestas cada vez que nos cruzábamos en la calle y una tarde lluviosa me metí en su cama, pero no pude hacer nada. La mujer fue muy comprensiva y me animó con aquello de que eso le pasa a cualquiera, que no me desanimara, que en otro momento quizá, pero yo sabía que no iba a intentarlo más. El papelazo fue mayúsculo.


Pocos meses después Julia resolvió la situación de un golpe. Se fue con todos sus bártulos y me dejó una nota llena de alusiones punzantes. Según su criterio todo era culpa mía, seguramente había cogido alguna enfermedad por andar con mujeres en África.

Nunca tuve el coraje de decirle lo que me había pasado. Lo úni-

co que hice fue visitar a Góngora; después de la guerra me había traído la pistola, se la di a guardar para no caer en tentaciones.

Me quedé solo en el cuarto. Yo mismo me apliqué una psicoterapia casera, empecé a no mirar a las mujeres. Incluso dejé de visitar
a Góngora. Estaba casado y con un hijo y su rutinaria felicidad con-
yugal me hacía daño. No lo sentí tanto por él, al fin y al cabo éramos
socios nos visitáramos o no, sino por los *pelmeni* de su mujer. Ya desde que se hicieron novios en Moscú eran famosos los *pelmeni* de
Olga.

Me dio por vagar por la catedral y la plaza de Armas, los únicos
lugares del barrio que realmente me gustaban. Me sentaba a pensar
en las musarañas durante horas. Luego me percaté de que lo que me
pagaban no alcanzaba para nada y reparé en los artesanos que pululaban en la plaza.

Para mi gusto la mayor parte de los cuadros eran francamente
horribles, pero las esculturas sí me interesaban.

Pasaba tanto tiempo por la zona que al final uno de los tipos
que vendía esculturas se me acercó con el pretexto de pedirme un
fósforo.

Le dije que me gustaban las tallas que hacía y se echó a reír con
resuellos de asmático. Parecía una garza desgarbada; luego supe que
efectivamente su apodo era el Asmático.

—Yo no hago nada, sólo las vendo —me dijo, entre sofocos, y
enseguida me di cuenta de que se había arrepentido de su franqueza—. Oye, ¿tú no serás un inspector?

—No, lo que pasa es que siempre me ha gustado la escultura,
pero hasta ahora no he tenido tiempo para dedicarle.

El tipo se tranquilizó y me examinó. No me había pelado ni afeitado desde mi regreso de África, así que tenía el aspecto que la mayoría de la gente atribuye a los artistas.

—Aquí se hace buen dinero, los turistas compran bastante. Te
habrás dado cuenta, porque todos los días te veo por aquí.

Asentí.

—A mí las piezas me las hace una escultora de Santos Suárez. Yo
las vendo y ella se lleva un porcentaje. Lo malo es que trabaja muy
despacio y a veces hace cosas un poco raras que no tienen salida.

—¿Y cómo consiguen la madera? —le pregunté mientras iba madurando una idea.

—Eso siempre se inventa. Mira, ahora mismo yo conozco a unos orientales que viven en una casona de la calle Amargura y están vendiendo las vigas del techo.

Me quedé sin habla.

—No jodas. ¿Las vigas del techo?

—Así mismo. Un pedazo de más o menos un pie te lo dan en diez dólares. Ácana legítima.

Allí mismo le pedí la dirección de los nagues. Pedí prestado el dinero y en el lugar que me había indicado compré un pedazo de viga perfecto para hacer una talla. Aquella gente parecía salida de una película de Buñuel. Una tribu que acampaba, más que vivía, en el enorme caserón y que con toda tranquilidad vendía trozos de su techo y colocaba un puntal de madera barata a medida que las vigas iban desapareciendo. Ninguno parecía conocer el significado de la palabra derrumbe.

En una semana tallé la cabeza de una negra africana, se la llevé a mi nuevo conocido de la catedral y se quedó extasiado.

—¡Caballo, tú eres un artista de verdad!

Me dio cincuenta dólares por la pieza y quedamos en que me suministraría material para un negocio estable.


Siempre me ha gustado la escultura, pero en la época en que podía haberme matriculado en la Academia de San Alejandro llegó aquel personaje al Pre, y yo, que estaba decidido a ser un artista, terminé estudiando para espía, porque eso era lo que necesitaba el país, y porque de un modo sutil, pero casi infalible, se nos había enseñado a obedecer, a hacer lo que se nos decía que era necesario. Todavía en aquella época no se nos habían ocurrido preguntas tan perniciosas como para qué o para quién eran tales cosas necesarias, o si cabía la posibilidad de que uno pudiera decidir por sí mismo lo que era realmente necesario, o al menos lo que uno quería hacer con su puñetera vida, que al fin y al cabo es una sola, no tiene reemplazo, y es única y exclusivamente de uno mismo.

Tenía aspecto de militar, pero vestía de civil. Nos reunieron a un grupo y el tipo nos dio el teque, que si éramos los mejores alumnos, que si teníamos todo un porvenir por delante, etc. Nos habló del trabajo en la contrainteligencia de la misma forma en que el mago descorre una cortina y muestra a los espectadores una sucesión de paisajes atrayentes, como de cine. Góngora y yo nos dábamos codazos e intercambiábamos miradas de complicidad. Cuando se terminó la reunión todos los demás se excusaron y sólo nosotros nos acercamos al oficial para aceptar.

En aquella época eso se llamaba dar el paso al frente. Nuestro paso al frente fue tan largo que terminó cierto tiempo después en la academia de la KGB en Moscú y, años más tarde, en un camino de segundo orden en Cuando Cubango donde perdí a la vez la virginidad y la virilidad.

El Asmático me llenó el cuarto de bloques de madera y nuestro acuerdo quedó sellado.

Mi nueva ocupación tenía una ventaja adicional al hecho de no depender de un jefe ni un horario: me permitía estar encerrado en casa, algo que me apetecía después de la separación de Julia. Me levantaba temprano, bajaba a la panadería a buscar mi pan del día y desayunaba pan y café. Ponía una caja de cigarros cerca y me dedicaba a tallar como un poseído. Los ingresos de los primeros trabajos me habían permitido llenar el refrigerador y también tener una botella de ron de siete años de guardia permanente y, lo más importante, sustituirla con otra llena cada vez que fallecía en el cumplimiento de su deber.

Un poco después mis gustos comenzaron a refinarse y cambié el ron por whisky Ballantine's.

Cuando estaba de humor para músicas encendía mi decrépita grabadora Aiwa y metía una casete de Janis Joplin para recordar la época en que soñaba con ser un tremendo guitarrista y casarme con una mujer encantadora, inteligente y sensual como una conejita de *Playboy*.

Por la tarde el cuarto estaba lleno de virutas y serrín, el aire olía a veinte o treinta cigarros y yo estaba agotado. Me levantaba de mi asiento con los ojos cerrados, me tiraba un rato en la cama y cuando cedía el cansancio me preparaba algo de comer.

El anochecer era lo peor. Siempre me recordaba la ceremonia del baño de Julia, su cuerpo medio velado por la bata semitransparente y el pelo envuelto en una toalla húmeda. Para huir de aquellas visiones me iba a la calle. Paseaba por el Prado, o me sentaba en el parque Albear a contemplar el entra y sale de turistas del Floridita. Seguía fumando y me aburría de la vida. A veces me metía en el bar Monserrate o en el Castillo de Farnés a tomar una cerveza. Me divertían los torpes y a veces patéticos manejos de las recién estrenadas puticas adolescentes que merodeaban los alrededores soportando los dolores de pies que debían producirles los descomunales tacones de moda. Sonriendo siempre, como si anunciaran un dentífrico, intentando abrirse camino en el oficio más antiguo de la humanidad, prodigando gestos de coquetería mercenaria a los turistas que las conseguían por precios irrisorios en comparación con las tarifas de sus colegas europeas.

Regresaba muy tarde y me iba derecho a la cama.

Los domingos limpiaba toda la porquería y los lunes recomenzaba el ciclo.

El Asmático me pagaba treinta dólares por cada pieza terminada. Un día llegué a la conclusión de que estaba sacándome la vida. En la catedral las vendía en tres y cuatro veces esa cantidad, y también hacía negocios por fuera.

Lo cogí desprevenido. Tenía la neurastenia un poco peor y me había tomado media botella. Le dije que si no me daba cuarenta y cinco por cada pieza se acababa el negocio.

—¡Coño, compadre! —protestó jadeando. Me miró a la cara y lo que vio no le gustó. Desvió los ojos y los paseó por el cuarto lleno de piezas. Tragó saliva y supe que iba a ceder. Yo era un negocio redondo para él. No podía perder a un escultor tan loco que todo el tiempo trabajaba como un mulo sin apenas salir a la calle. Además, yo sabía que la famosa fulana de Santos Suárez lo había dejado para montar un estudio en la calle Obispo.

»Te puedo dar treinta y cinco —me dijo poniendo cara de mártir.

—Cuarenta y no hablamos más.

—De acuerdo —suspiró—. Cuarenta cada una, pero hazme más

negras desnudas, que eso gusta a los europeos. Y con el culo bien grande.

Quedamos en eso. Enfoqué mi notable talento en una serie interminable de negras estilizadas con nalgas voluptuosas y senos erguidos como sables. A veces tenía deseos de materializar otras figuras que se me ocurrían, pero el negocio con el Asmático era lo primero, porque de ahí salían los dólares. Deseché el decrépito televisor ruso y compré uno coreano en colores. Decoré un poco el cuarto, compré un sofá y dos butacones, pinté las paredes y aquello ya no parecía una leonera.

Mi problema dejó de ser el centro del universo. No lo olvidaba, pero comencé a soportarlo mejor. Me resigné a estar sin mujer.

Hasta que mi vecino de la derecha se mudó y en su lugar hizo su entrada Nilda, que se instaló en un par de días.

En cuanto la vi supe que era jinetera y me cayó mal de gratis, quizá porque todo en ella era excesivo. El pelo rojo brillaba demasiado, la cara era demasiado sensual, a pesar de su permanente expresión de distanciamiento, las caderas demasiado redondas y las piernas demasiado opulentas. La piel demasiado sonrosada y cremosa. Un bombón, la mujer de los demasiados.

No se relacionaba con nadie a excepción de los saludos de estricta cortesía en la escalera, entraba y salía en horarios trastocados y no molestaba en nada.

No había pasado un mes desde su llegada y el instinto del macho, que tanto había tratado de sofocar, ya me estaba traicionando.

Con interés subconsciente, pero reiterado, atisbaba sus idas y venidas. Aguzaba el oído mientras trabajaba para captar el taconeo de su llegada en el pasillo y asomarme como por casualidad a la puerta para saludarla con un impersonal «qué hay».

A veces, cuando sabía que estaba en su cuarto, me quedaba en silencio durante un rato para oír los pequeños ruidos que hacía.

Me estaba poniendo un poco paranoico. La falta de mujer me hacía daño. Necesitaba desesperadamente compañía femenina y la vecina era una tentación. Tuve que confesarme que no me caía nada mal, todo lo contrario.

Estaba obligada a pasar por delante de mi cuarto y empecé a

hacer pequeñas triquiñuelas, dejaba la puerta abierta y me ponía a trabajar bien a la vista, pero ella seguía de largo. Tenía una manera lenta, casi lánguida de caminar y moverse, que la hacía más irresistible.

Decidí emplear un recurso extremo.

El edificio estaba a oscuras, a excepción de la luz que salía de mi puerta abierta hacia el pasillo. Me senté en el suelo en medio de la puerta con la espalda apoyada en el marco y una cabeza de negro tallada en ácana a mi lado. Fumaba un cigarro tras otro a una hora en que sabía que debía llegar. Eran las dos de la madrugada. Si no me prestaba atención tendría que suicidarme.

No tenía claro lo que buscaba exactamente. Demasiado sabía que no podría hacerle nada aunque ella se me echara encima, cosa bastante improbable; pero un impulso hormonal irrefrenable me obligaba a estarme allí con la esperanza de hablar con ella, disfrutando aquella emoción turbia que me estrujaba las vísceras como un adolescente esperando su primera cita. «Comemierda, ahora pasa como un cohete y ni te mira», me dije con una burla acerba que era otro modo de soportar el tedio de la espera.

El sonido de los tacones remontó la escalera y la vi venir por el pasillo, vestida con un *short* de tela de licra a rayas que parecía untado sobre sus caderas y el pelo flotando como un incendio alrededor de su cabeza. Me fijé en los delicados vellos de sus muslos y se me declaró una taquicardia.

Cuando me vio tuvo un leve momento de titubeo. Adiviné que siempre estaba alerta, como un animal.

Al llegar a la altura de mi puerta se detuvo con los ojos fijos en la pieza. «Si te paras a hablar conmigo te la regalo», pensé.

—Buenas noches —el sonido de mi voz me sonó raro.

—Hola —me dijo. Su voz era un poco aguda, pero como hablaba en voz muy baja no resultaba desagradable. Una ninfa adorable, de frente despejada y ojos color miel un poco rasgados, ojos de gacela. «¡Dios mío, qué buena está!»

Se apoyó en la baranda del pasillo con una sonrisa cansada y adiviné que le dolían los pies. Sus zapatos italianos de cuarenta y tantos dólares tenían unos tacones bestiales.

«Si no digo algo inteligente que la retenga ahora, se despedirá, se irá y adiós Lola.»

Ella estaba mirando la cabeza de ácana y no se me ocurrió nada mejor que preguntarle si le gustaba.

—Es preciosa. ¿Usted las hace?

Asentí y me levanté. Señalé con la cabeza hacia el interior de mi cuarto.

—Ahí tengo muchas más. Te las enseño con la condición de que no me digas más usted, que no soy tan viejo.

Sonrió, se asomó a la puerta y puso cara de asombro.

—Pero esto es casi una galería. Usted, digo tú, ¡eres un artista de verdad!

Me permití una risa de falsa modestia y le ofrecí una silla que se apresuró a aceptar con un suspiro de alivio.

«Bendito dolor de pies.»

—Trabajo para un artesano de la catedral. Yo hago las piezas y él las vende.

—Pero, entonces, él seguro que gana mucho más que tú, observó muy seria.

—Sí, pero él tiene licencia y yo no.

Hizo un gesto de comprensión y por un momento temí que fuera a levantarse, así que me adelanté.

—¿Quieres café? En un momento lo cuelo —acallé su naciente protesta por lo inapropiado de la hora, y me puse en movimiento.

Saqué del aparador un paquete de café Caracolillo adquirido con mi última paga y realicé el ritual correspondiente, con inclusión de la infaltable pregunta: «¿Te gusta dulce o amargo?»

Le gustaba dulce. Mientras el agua hervía en la cafetera nos presentamos, es decir, nos dijimos nuestros nombres y así supe que el suyo era Nilda. No le pregunté dónde trabajaba para no meter la pata, pero ella misma, con tranquilo desparpajo, me contó que se dedicaba a esperar por un novio italiano que iba y venía cada tres o cuatro meses por cuestiones de sus negocios en Cuba. Gracias a ese novio había conseguido la permuta para el cuarto de al lado, hasta que terminara los trámites de compra de una casa en Miramar que estaba haciendo como si se tratara de otra permuta, y que en ese momento estaba en el lío de comprar muebles para cuando él llegara.

—Pero tú sales a pasear todas las noches —se me escapó, y tuve ganas de morderme la lengua.

—Es que los amigos de mi novio también son empresarios y me invitan a salir con ellos y con sus amigas.

Serví el café. Lo tomamos en silencio y luego le ofrecí un cigarro, pero me dijo que fumaba rubios y sacó una cajetilla de Gitanes del diminuto bolso que llevaba en bandolera. Le di fuego con un gesto de Humphrey Bogart y durante unos segundos deseé con todas mis fuerzas que ella fuera Lauren Bacall y me diera uno de aquellos besos de final de película de los cincuenta.

Pero ella no era una actriz, era una jinetera habanera de los noventa, y después de tomarse el café me preguntó si podía quitarse los zapatos.

—Por supuesto —le dije. «Quítate todo lo que quieras», añadí para mis adentros.

—Son insoportables, me los pongo porque están en onda.

Se descalzó y estiró los dedos de los pies.

—¿Quieres que te dé un masaje? —En cuanto hice la pregunta temí espantarla. «Cretino, ahora se levanta y se va.»

Pero se limitó a mirarme y yo puse cara de inocencia.

—En los pies, ¿verdad? —me preguntó con una sonrisa suspicaz.

—Claro —respondí aliviado.

Extendió las piernas y descansó los pies sobre mis muslos. Empecé a masajearle el arco y enseguida se relajó, soltó un suspiro de satisfacción y hasta cerró los ojos, con lo cual pude contemplarla a placer.

De lejos me había parecido como de veinte años, pero ahora, al observarla en detalle le calculé tres o cuatro más. Su rostro agraciado mostraba algunas señales de la vida que llevaba; un ligero rictus de dureza alrededor de la boca, de labios finos, sombreados por un ligero bozo que acentuaba su encanto. Su cuerpo exhalaba un suave aroma de hembra joven.

Me entretuve tanto tiempo con sus pies que temí que se hubiera dormido, pero de pronto abrió los ojos, se desperezó como una gata y me sonrió de una manera enigmática, como si se acordara de algo muy agradable que sólo ella supiera.

—Me quitaste el dolor, eres un mago.

—Es que tuve un amigo chino, que se fue para el norte. Él me enseñó a dar masajes.

—Yo también conozco a un chino… —Se interrumpió debido a un enorme bostezo y volvió a estirarse—. Oye, la conversación es muy grata, pero yo estoy muerta de cansada. Otro día te hago la visita de nuevo.

—Cuando quieras —le dije un poco desanimado.

Se levantó y fue hacia la puerta.

—¿De verdad te gusta? —le pregunté, señalándole la cabeza africana que habíamos olvidado.

—Sí, te dije que es preciosa.

La levanté del suelo y se la puse en las manos.

—Te la regalo, para que tengas un recuerdo mío.

Abrió los ojos con un asombro casi infantil.

—Oye, ¿estás hablando en serio? ¿No las haces para vender?

—Las vendo a cuarenta dólares, pero ésta es para ti.

Miró la pieza y luego me miró a mí.

—Coño, gracias —dijo con una inocultable alegría—. La voy a poner en una repisa. —Se me acercó y me estampó un beso en la mejilla—. Chao, nos vemos.

Salió con los zapatos en una mano y mi regalo en la otra, dejándome en un estado de total confusión.


Pasaron varios días antes de que la volviera a ver. Estaba puliendo una de las negras culonas que me exigía el gusto estético y comercial del Asmático y la imperiosa necesidad de los dólares, cuando Nilda apareció de improviso y metió la cabeza por mi puerta con ese exceso de confianza que en las cuarterías de la Habana Vieja es la norma habitual de conducta.

Me dijo: «hola, ¿qué tal?», pero casi no la entendí. Cuando me percaté de que estaba sonriéndole con cara de idiota le respondí «qué sorpresa» y la invité a pasar.

Se puso a curiosear por el cuarto, manoseando esto y aquello mientras tarareaba una canción de moda, de las que no soporto, porque mi gusto musical se quedó varado en los setenta con Led Zeppelin y compañía.

—¿Sabes una cosa? —me dijo de pronto—. Estaba pensando que un tipo con tan buen gusto como tú podría ayudarme a escoger los muebles para arreglar el cuarto. Mi novio, el italiano, me dejó un dinero, pero no sé qué comprar. Todo me gusta.

De pronto la idea de servir de decorador para el escenario de sus citas con el dichoso italiano me cayó como una bomba, pero me imaginé vagabundeando con ella por las tiendas, conversando y tomando cerveza en algún sitio y le dije que sí, con mucho gusto.

—¿Vamos ahora? Cojo dinero y salimos por todo Obispo.
—Seguro.


El tipo de la tienda nos miró con escepticismo, porque yo no me había molestado en cambiarme el *blue jean* desteñido de trabajar y ella llevaba un vestidito muy sencillo. No teníamos aspecto de gente con dinero para gastar, pero cuando preguntamos en serio por un juego de *living* de cuero mullido y un juego de comedor se puso serio, atento y hasta obsequioso. Pasó imperceptiblemente del trato un poco condescendiente del principio a la fase de «señor, señora, ¿qué le parece esto?, ¿qué le parece aquello?», etcétera. Casi me arranco un pedazo de lengua mordiéndola para no reír en su cara.

Terminamos por comprar las dos cosas y, además, un tapiz con un tigre y una mujer semidesnuda que a mí me pareció verdaderamente horrible, pero a ella le gustó. Tuve que hacerle la concesión y decirle que estaba muy bonito, pero que mejor lo pusiera arriba, en la barbacoa, al lado de su cama. «A ver si le produce un infarto al puñetero italiano.»

Pagamos, buscamos un tipo con un carretón que nos llevó los muebles hasta el edificio y los subió, todo por cinco dólares. Pasamos el resto del día acomodando su cuarto.

Al atardecer estábamos cansados, pero ya éramos amigos.

—Mira, vete, báñate y regresa, que voy a hacer una receta de espagueti que me enseñó Giorgio. Te vas a chupar los dedos.

Me bañé, me acicalé y en una hora estaba de nuevo en su cuarto.

—Dentro de poco la gente del solar va a decir que tú y yo estamos —me dijo ya sentados a la mesa, frente a dos monumentales platos de espagueti cubiertos de una apetitosa capa de queso rallado.

—Además —le dije con la boca llena—, seguro que casi todos están comiendo ahora picadillo de soya, así que nosotros somos una especie de privilegiados, y eso nos hace socialmente reprobables.

—Que se jodan. Come, que hay más en la olla.

Terminamos tomándonos la mitad de una botella de vino tinto que le quedaba en el refrigerador y viendo una película de mafiosos en su vídeo.

Después de la película hizo café y nos quedamos fumando un rato. Le gustaba hablar de cosas sin importancia, pero por debajo de su afectada superficialidad sentí latir una inteligencia aguda.

Llevé el tema al terreno que me interesaba y traté de saber más de ella.

—No tengo mucho que contar —me dijo con indiferencia—. Soy una página en blanco.

—Esa frase es melodramática y tú no tienes nada de eso —le contesté—. Algo tendrás que contar de tu vida.

—Es que después de comer espaguetis no me gusta hablar de cosas tristes.

Insistí.

—Mi familia se mudó de Bauta para Lawton porque a mi papá lo pusieron al frente de una fábrica de cigarros que está en la Calzada de Luyanó, esa que tiene ahora Brascuba. Tú sabes cómo es eso, el Partido lo designó y tuvo que agarrar el cargo. Él no sabía un carajo de fabricar cigarros, pero no le quedó más remedio. Cuando eso yo estudiaba en la universidad, pero todavía me parece estarlo viendo llegar, todos los días a las tantas, cansado y amargado. El problema del robo de cigarros para revenderlos en el mercado negro estaba que daba al pecho y a mi viejo le habían encargado acabar con eso, porque ya se estaba pensando en convertir aquello en una corporación.

»Como te imaginarás, la mitad del consejo de dirección sabía lo que estaba pasando y, además, una buena parte de él estaba en la combinación y sacaba un baro largo del negocio. Por supuesto que no les cayó ni regular que les pusieran al infeliz de mi padre con su quijotesco sentido del honor y la honradez, y lo boicotearon todo lo que les dio la gana.

»Mi madre se pasaba la vida aleccionándolo, diciéndole que no comiera mierda, que eso no lo arreglaba nadie y esas cosas, pero era más terco que un mulo y seguía fajado con la mayoría de los jefes. Le habían dado un carro, pero ni nos llevaba a pasear, vivía y moría en la fábrica, tratando de joder a los ladrones de cigarros, hasta que le hicieron un número ocho y lo jodieron a él.

»Algún hijo de puta le puso veinte cartones de Populares en el maletero, llamó al DTI y lo tiró para la candela.

»Se formó una cagazón que duró como quince días. Los superiores pidieron una sanción, sacarlo del cargo, pero el Partido, que sabía que aquello era una trampa, lo respaldó.

»Todavía me acuerdo de su conversación con mi mamá una noche al regreso de la reunión donde se decidió todo.

»"No me van a sancionar", oí que le contaba, "quedó claro que yo no estaba metido en nada, pero consideran que mi trabajo no ha sido el mejor, y me van a trasladar a otro puesto. Y menos mal que me creyeron, porque si no me hubieran creído habría metido la cabeza debajo de las ruedas del camello frente a la puerta de la fábrica".

»No tuvo tiempo de ver la corporación. A la semana le dio un infarto. Yo terminé la Computación y conseguí un trabajo en el Ministerio del Comercio Exterior, pero lo que le sucedió a mi viejo nunca se me fue de la cabeza.

»En el MINREX me pusieron en un departamento donde el jefe era uno de esos tipos que parecen comecandelas, pero en realidad son unos descarados. Era el jalalevas de uno de los viceministros y vivía muy bien, a cada rato salía de viaje con algún pretexto, tenía un carro y una casa a todo meter en Víbora Park.

—Un *aparatchik* —le dije, sonriéndome—. Conocí a unos cuantos en Moscú.

—¿Un qué?

—Nada, sigue contando.

—Bueno, el tipo aquel se puso para mí. Empezó a darme vueltas, a invitarme, en fin, tú sabes cómo es eso. Terminé por estar con él. Me hizo saber con bastante claridad que si no lo aceptaba me haría la vida imposible y hasta perdería el trabajo. Me llevaba a restoranes y me hacía regalos, pero me exhibía como si fuera de su propiedad y eso me jodía muchísimo. Hasta que se le ocurrió llevarme a una recepción en la Embajada de España y allí conocí a un gallego que era un encanto y se volvió loco conmigo. Era un hombre verdaderamente refinado, no un comemierda como mi jefe. El único problema es que era casado y no se quería divorciar, pero de todas maneras mandé el MINREX al carajo y me fui a vivir con él. En definitiva, su mujer estaba en España y sólo se veían durante las vacaciones.

»Cuando terminó su trabajo y tuvo que irse lloró y todo, pasó unos meses mandándome cartas de amor y luego no supe nada más de él. Pero no le hice mucho caso porque ya estaba con otro: un italiano. Y de ahí para acá he tenido relaciones exclusivamente con extranjeros. Vivo todo lo bien que puedo, hago lo que me da la gana y no le rindo cuentas a nadie, porque a mí no me va a pasar lo que a mi padre. Nadie me va a coger de comemierda, ni voy a pasarme veinte días del mes esperando el día del cobro para que el dinero se me acabe en cinco y volver a empezar.

»El italiano con el que estoy ahora se llama Giorgio, es un poco vulgar, pero está podrido en dinero. La primera vez que vino a Cuba, con otro amigo de él que no ha regresado más, por poco se mete en un lío, se ligó con una jineterita de esquina y a la chiquita le dieron una puñalada delante de él. Pasó un susto del carajo, según me contó, pero de todas formas le cogió el gusto al país, invirtió en un negocio de unos montacargas o no sé qué y ahora va y viene cada tres o cuatro meses. Cuando no está salgo con otros, pero no me paro en las esquinas a buscar puntos, tengo un grupo de amigos.

Se quedó callada de pronto, como si se arrepintiera de haber hablado de más, y yo aproveché para escurrir el último resto de vino en mi vaso.

—¿Y tú, qué? —me preguntó a quemarropa—. Me hiciste contarte mi vida y milagros y ahora te quedas callado como un muerto.

—La mía te la cuento en otra ocasión, y así tengo una justificación para venir a comerte los espaguetis.

—Tú eres mi amigo, no necesitas ningún pretexto para venir —hurgó en un cajón, sacó una llave y me la dio—. Toma, por si te hace falta entrar cuando yo no esté.

Fui a excusarme pero no me dejó.

—No jodas, chico, cógela, que yo sé que te la puedo dejar con confianza, tú eres el único tipo que me ha dado algo sin pedirme el cuerpo a cambio.

Me quedé mudo, cogí la llave y me despedí.

# 3

Comencé a subir la escalera de mi edificio maldiciendo al casero que no había reparado el ascensor desde la mañana. Delante de mí subía una chavala que supongo debe de vivir en el ático. Su falda color naranja apenas alcanzaba ese pliegue delicioso que se forma en donde termina el muslo y comienza la nalga. No me había advertido y pude contemplar a placer sus redondeces envueltas en unas medias de nilón.

Seis semanas antes había matado a la última pajillera en un cine, justo el día en que se cumplía el segundo aniversario de la muerte de la asturiana. Me sentí en paz durante aquellos cuarenta días, pero ahora renacía el deseo de follar y matar a la vista del hermoso culo de la vecina. Ya me había familiarizado con aquella inquietud que se había desatado antes de cada uno de los dieciocho asesinatos que llevaba cometidos.

Llegué a mi puerta, entré a mi piso y la inquietante visión se alejó escaleras arriba llevándose consigo su perfume de violetas en cuerpo joven.

Me senté en el diván con la respiración entrecortada, como si hubiera hecho un gran esfuerzo, y empecé a divagar. Unos meses antes, vagando por los meandros de Internet, me había topado con un sitio donde alguien compilaba historias reales de asesinos múltiples. Al principio leí con distanciamiento, como si de historietas policíacas se tratara, pero enseguida me reconocí entre aquella gente. Soy uno de ellos, con la diferencia de que muchos tratan de obtener publicidad, se comunican con la policía y dejan pistas, porque en el fondo desean que los atrapen y detengan su compulsión de matar. Son locos, pero yo no quiero que me capturen. Lo único que deseo es que nadie me conozca, para seguir con lo que hago. No tengo nada que ver con El Hijo de Sam. Quizá me acerco más al estilo de Jeff Dahmer, aunque no soy marica ni caníbal, y sólo de pensar en eso me repugna. Soy un simple depredador heterosexual.

Llevaba seis semanas dedicado por entero a mi trabajo, que no es agobiante ni mucho menos. Ya se sabe que, notario o registrador de la propiedad, la cuestión consiste en ganar las oposiciones y acostarse a dormir. Además, mi pasante era una joya.

Era noche de sábado. Deseaba salir a cazar. Me serví un jerez y mientras fumaba un pitillo imaginé una presa ideal. Una mujer alta, sin falta debía ser alta; rubia, pero natural, las oxigenadas ofrecen un contraste poco elegante entre una cabellera color platino y un pubis oscuro. Debía oler a hembra limpia, pero sin perfume, me gusta aspirar el olor de la carne femenina sin intermediarios cosméticos. Y por último los dientes. Debía tener dientes limpios, en encías rosadas y sanas.

Anhelaba el roce de mis dedos sobre la piel sedosa de un cuello, sentir el latido de la sangre bajo mis manos y detenerlo con una presión creciente. Ver interrumpirse la vida de una criatura hermosa después de poseerla. Sentirme un poco Dios, un poco demonio. Tranquilizarme por unas cuantas semanas antes de volver a comenzar la ronda.

El teléfono interrumpió mi ensoñación y me percaté de lo excitado que estaba.

Atendí y una voz un poco ronca y casi olvidada preguntó por mí.

—Hola, Juan Luis, soy Fernando.

Hice un esfuerzo de memoria.

—Fernando, qué sorpresa, hombre, ¿dónde estás?

Lo último que deseaba era una visita inesperada.

—Pues aquí mismo, en la esquina. Acabo de llegar de Ferrol, he llamado a la notaría y una chica me ha dado tu número y tus señas. Quería saludarte, y si te apetece salir a tomar una copa.

Fernando. El bueno de Fernando, que no más terminar la carrera recibió una herencia y se largó. El tío más guapo de la facultad, que traía de cabeza a todas las chicas. Nunca me había simpatizado demasiado, aunque él se consideraba mi amigo, y debo reconocer que era un buen sujeto. A pesar de su éxito con las mujeres nunca se había envanecido. Y ahora estaba casi en mi puerta, salido de la nada.

Tuve la intención de excusarme con cualquier pretexto, pero algo me impulsó a aceptar, y me oí decirle «sí, hombre, sí, sube ahora mismo».

Cinco minutos después estaba entrando con el mismo aire de buen chico de los tiempos de estudiante, pero ya no era un crío, y tampoco seguía tan guapo como lo recordaba. Se había convertido en un señor de mediana edad envejecido prematuramente. Su traje gris marengo de corte impecable disimulaba muy bien el exceso de grasa del vientre y armonizaba a la perfección con el maletín de ejecutivo de alto *standing* que traía en la mano, como una extensión del brazo derecho.

Nos dimos palmaditas en la espalda, nos sonreímos e hicimos mutuas indagaciones sobre el estado de nuestras familias. Supe que se había casado y tenía tres niñas. De inmediato sacó una cartera de piel de cocodrilo y me mostró una foto de las tres beldades, que me parecieron demasiado gordas y carentes de gracia, pero aun así elogié sin falta.

Por supuesto, le confesé que no me había casado, ni tenía hijos. Pensé que me miraría con un aire de superioridad por ese detalle, pero al contrario, se sonrió con aprobación.

—Haces muy bien, no sabes cuánto joden —y no supe si se refería a sus tres hijas, a su mujer, de la que no traía foto, o a todas ellas en general—. A veces me gustaría mandarlo todo a la mierda y largarme lejos a tumbarme a la bartola en una playa con una mulata a mano.

Le dije que feliz él, que a mí la notaría no me dejaba tiempo para tales fantasías, y me contestó con una risita de conejo.

—Pero no me dirás que no tienes algún apaño por ahí, que siempre he sospechado que detrás de esa cara de monje eres una fiera.

Me sonreí fingiendo una modestia que no sentía y por un momento pensé en la cara que pondría si le contara mis últimas andanzas.

Estábamos bebiendo jerez y la conversación derivó hacia las mujeres. Inventé un par de historias de supuestas tías a las que me estaba tirando y se quedó satisfecho al ver que al menos yo estaba libre de las cadenas del matrimonio y andaba a mi aire.

—A mí no me queda tiempo para ligues —me confesó—. Entre la empresa y la familia, tú ya sabes.

Había levantado una empresa, la Conservera Cantábrica S. A., y le iba —según sus propias palabras— «de puta madre».

—He puesto una oficina en Cuba, y exporto atún, aceite de oliva, albóndigas de carne y otros productos. La verdad, no me puedo quejar. El único problema es mi representante en La Habana. Es un poquitín calavera, y allá las mujeres sacan de sus cabales a cualquiera. Yo mismo he estado y aquello es el despiporre. Tuve un lío con una negra que era una estatua, pero tuve que dejarla. Si pudiera me establecía allá, pero el resto de la compañía no la puedo dejar en manos de cualquiera.

Me miró con cara de complicidad y dijo:

—Me ha dado por leer literatura erótica. Así me despejo.

Me convencí de que su mujer debía de ser gorda y fea, y sentí un gozo maligno cuando recordé el cuerpo maravilloso de la asturiana.

—Mira, voy a dejarte este libro que ya lo he leído y me ha gustado muchísimo —me dijo mientras sacaba de su maletín un tomito en rústica de color rosado.

Leí en la tapa *Silencio de Blanca*, el nombre del autor, José Carlos Somoza, y no me dijo nada.

—Es formidable —insistió Fernando—. Tienes que leerlo, pone unas escenas que para qué te cuento.

Puse el libro a mi lado en el diván, serví más jerez y continué oyendo sus banalidades hasta muy entrada la noche. De toda su conversación saqué en limpio dos cosas: que estaba desilusionado del matrimonio, vamos, que su mujer no lo satisfacía, y la otra, que le preocupaba mucho el problema de su representante en Cuba. Al parecer, el tipo se ocupaba mucho de las mulatas y poco del negocio. Continuó durante horas con la misma monserga.

Ya de madrugada, antes de irse un poco achispado, me dejó su tarjeta. Quedamos en vernos de nuevo para correr una juerga y nos despedimos como viejos camaradas. Observé su espalda un poco encorvada mientras bajaba por la escalera y me felicité por mi soltería.

A la mañana siguiente me quedé dormido e hice tarde al despacho. Llovía a mares y no encontré sitio para aparcar sino a tres calles de distancia. Llegué empapado a la oficina y enseguida tuve que vérmelas con una complicadísima partición de herencia. Ya a media mañana comencé a estornudar y por la tarde no me quedaron dudas de que había cogido un trancazo como un piano. Llegué al piso sintiéndome morir, tomé unos comprimidos con una tisana y me pasé las siguientes veinticuatro horas con fiebre alta.

Al otro día llamé al despacho y dije al pasante que no iría, que se ocupara de todo.

Tenía otras veinticuatro horas de soledad por delante. Me quedé idiotizado junto al teléfono y entonces reparé en el libro que me había dejado Fernando.

Empecé a leerlo sin deseos, pero diez páginas después ya me tenía atrapado. El argumento me resultó indiferente. Lo que me impresionó hasta el fondo fue el sentido del erotismo que el autor desvelaba en cada uno de los rituales entre dos amantes-hermanos y en los encuentros con una psicóloga.

Comprendí que, sin duda, me estaba desperdiciando. Repasé mentalmente mis encuentros con mujeres y vi todo muy claro. Había sido demasiado directo y primitivo, había desperdiciado la mitad de la satisfacción que podía obtener. El placer merece mucho más que una satisfacción inmediata, requiere elaboración, prolongación, como paladear un brandy, sorbo a sorbo, degustando el *bouquet*.

Las había matado demasiado rápido.

Unas semanas después hojeaba la sección relax de los anuncios clasificados. Las invitaciones que ponían no acababan de convencerme. Hasta que tropecé con uno que me interesó de verdad:

«FISIOCULTURISTA. Treinta años, rubia. Ama Dominatrix. Haré realidad tus sueños recónditos. Me adorarás. Pruébame. Discreción. Domicilio.»

Olía a sado, pero no me importaba. Ponía número de teléfono y fax. Marqué y atendió el contestador. Una voz profunda y extrañamente dulce, como un narcótico edulcorado.

—Quiero que seas mi ama —le dije—. Te dejo mi teléfono, no dejes de contactarme. Seré tu esclavo.

Recité los números y corté.

Pasé el resto del día esperando la llamada, era domingo y no tenía adonde ir. La señora de la limpieza me había dejado comida en el frigorífico, pero no me apetecía nada. La excitación de la espera era más que suficiente.

Al atardecer sonó el teléfono por fin. Atendí y me contestó la voz profunda.

—¿Ama?

Sonó una risa al otro lado.

—¿Cuándo quieres verme?

—Ahora mismo.

—Dame tus señas.

Se las di y corté. Media hora después tocaron discretamente a la puerta.

Venía envuelta en un sobretodo de cuero negro, la hice pasar y se lo pedí para colgarlo. Cuando se lo quitó me quedé admirado, era una verdadera amazona. Más o menos un metro noventa de estatura, la cara de una princesa nórdica y unos brazos de estibador que contrastaban con las uñas, cortas, pero pintadas de rojo intenso. Vestía un *short* de cuero negro brillante y un sujetador del mismo material. En las muñecas llevaba ajorcas de plata y alrededor del cuello una cadena de perro, pero lo más espectacular eran las botas: altas y ajustadas, la cubrían hasta medio muslo y casi reventaban por la tremenda presión de la musculatura que contenían. Parecía imposible que los altísimos y delgados tacones de aquel calzado inverosímil pudieran soportar sin romperse la mole de mujer que llevaban encima.

Iba maquillada de bruja y me lanzó una sonrisa escalofriante con los dientes pintados de rojo y una mirada gélida de sus ojos circundados por ojeras azules.

—La visita y el completo son treinta mil pelas, —me espetó—. Por adelantado. —Por el acento colegí que era malagueña.

Le pagué sin rechistar y se relajó.

—Bueno, vamos a las cosas básicas. ¿Azotes?

La cosa se ponía interesante. Asentí casi sin pensar mientras me imaginaba cómo podría follar con aquella montaña de carne, o matarla.

—¿Lluvia dorada?

—No, prefiero que no me meen. —Traté de caerle simpático, pero no sonrió.

—¿Copro?

—No, por Dios.

—Pero bueno, tío, ¿y a ti qué te gusta? ¿No serás un chalao mirón?

—Quiero que me azotes un poco y luego follarte —le dije, un poco ofendido—. Por detrás.

Me miró con sorpresa, pero tranquilizada. Sacó de su bolso una fusta y sin previo aviso me lanzó una lluvia de azotes. Salté hacia atrás asustado de su vehemencia y me persiguió por toda la pieza como una posesa.

Obviando los detalles, la experiencia me dejó alucinando a cuadros. Descubrí que me gustaba ser azotado, y la luchadora resultó dócil a la hora de sodomizarla. Me deleité hasta la hartura con su cuerpo musculoso y cuando se marchó quedé feliz como un choto.

Tres días después volví a llamarla y nos lo montamos de maravilla; pasamos juntos una tarde grandiosa. Se cubrió el cuerpo de aceite y pasó horas exhibiendo sus músculos y follándome.

Se hizo habitual, el entretenimiento de los domingos. La llamaba la noche antes, quedábamos, y muy de mañana aparecía con su atuendo de motociclista, su maquillaje fúnebre y el bolso lleno de consoladores, látigos y otros utensilios de su oficio.

Después de las primeras sesiones nos acostumbramos bastante uno al otro. Nunca le pregunté su nombre, ni le dije el mío, pero lentamente se fue estableciendo entre nosotros una especie de rutina amistosa. En una ocasión me comentó que yo era su parroquiano más fiel. Empleó esa palabra, parroquiano, como si su cuerpo fuera un bar al que yo acudía con frecuencia a beberme unas copas.

Sus latigazos eran puro teatro, ponía el cuidado de no romperme la piel, sólo me quedaban marcas rojizas que desaparecían pronto, pero tenía otros trucos que usaba sin previo aviso.

Un domingo me ató desnudo a la pata de la cama, me introdujo

un enorme consolador en el ano y pasó todo el día haciéndome fela-
ciones, hasta confundir el placer y el dolor en una amalgama imposible de resistir. Lloré, supliqué y me retorcí en aquella agonía hasta
que ella la consideró suficiente, dejó de mover el artefacto en mis en-
trañas y me soltó. Me quedé en un sopor durante largo rato mientras
ella se satisfacía con otro vibrador y me dedicaba un torrente de obs-
cenidades a media voz.

Acababa de alcanzar una cota de placer inenarrable. De pronto
supe que el momento supremo había llegado. La tía Encarna me lo
susurró al oído, aunque no se dejó ver.

Cuando me recuperé le pedí que me dejara atarla a ella. Sentí
cómo se crispaba y temí que se negara, pero al parecer mi cara de gilipollas inofensivo la tranquilizó. Me dejó hacer y a poco la tenía a mi
merced. Después de atarla la amordacé y le di una tunda con el lá-
tigo.

La sodomicé varias veces, y en medio de un orgasmo saqué la navaja de debajo del colchón y le rebané la garganta. Estuve revolcán-
dome en su sangre hasta que expiró. La tuve en mi cuarto, sentada en
la sala como una muñeca grande y pálida durante varios días. Cuando empezó a oler compré varias bolsas grandes de lona embreada,
hice un bulto muy bien atado con el cadáver, lo saqué de madrugada
en el coche y lo abandoné en un descampado fuera de la ciudad.

Todo fue un error. De principio a fin.


Ya he dicho antes que mi pasante es una joya, no rebasa los treinta
años pero aparenta más edad, tal vez por su seriedad, por la incipien-
te calvicie o los trajes de funerario que usa. Se llama Pascual Duarte,
y a veces, en broma, le pregunto por su familia, pero nunca ha com-
prendido la referencia literaria, estoy seguro de que en toda su vida
no ha leído otra cosa que escrituras notariales.

Durante los días siguientes estuve como alelado, y al igual que en
ocasiones anteriores, el silencioso y eficiente Pascual se ocupó de que
todo marchara como Dios manda en el despacho mientras yo escribía
como un poseso la aventura con la sádica y pasaba horas enteras recordando cada detalle.

Una mañana se acercó Pascual a mi escritorio para decirme que dos señores me buscaban. Tuve un presentimiento, una señal de alarma me aceleró el pulso sin saber por qué.

Los dos hombres que entraron minutos después parecían rendir un tributo de fidelidad a las descripciones de la literatura policial; los dos iban sin afeitar, y parecían haber dormido con las gabardinas puestas. La pasma, sin duda alguna.

El más gordo se adelantó y se presentó a sí mismo, mientras extendía una mano cálida y húmeda. Me apresuré a estrecharla sin demostrar la mala impresión que me produjo su contacto.

—Sanjurjo —dijo, mientras ejecutaba con destreza un movimiento de prestidigitación con la credencial que llevaba en la otra mano—. Él es Marchena.

Los invité a sentarse e inquirí sobre el motivo de su visita.

—Señor Higuera —dijo el llamado Sanjurjo, mientras se enderezaba maquinalmente el nudo de su feísima corbata—, necesitamos hacerle algunas preguntas.

Conseguí mantener su mirada penetrante y mi expresión de educada extrañeza.

—¿Qué puedo hacer por ustedes?

Sanjurjo miró de soslayo a su acompañante, que no movió ni un músculo.

—Iré al grano, —dijo mientras sacaba una foto del bolsillo y la ponía a mi alcance sobre el escritorio—. ¿Conoce usted a esta persona?

Desde el rectángulo de cartulina me miraba la sádica con una sonrisa estereotipada, como si anunciara un dentífrico. Con un tremendo esfuerzo de voluntad dominé el sobresalto y me obligué a actuar con naturalidad.

—En efecto —dije—, la conozco, pero no sé su nombre.

Sanjurjo se sorprendió de mi franqueza aunque trató de disimularlo, probablemente esperaba una mentira. El otro policía me miró con una expresión rara.

—¿Puedo preguntarle cuál es su relación con esta mujer?

Mi mente trabajaba a todo rendimiento, y ya había decidido que la mejor actitud era no mostrarme a la defensiva.

Fingí estar un poco avergonzado, bajé la vista, sacudí una ine-

xistente mota de polvo de la superficie del escritorio, saqué el pañuelo y me sequé la frente.

—¿Cómo llegaron hasta mí? —pregunté balbuciendo a propósi-
to—. Mi relación con esa mujer es muy privada. No sé si compren-
den…

—Desde luego —habló por primera vez el llamado Marchena,
adelantando su barbilla azulada en un gesto que le dio un aire cana-
llesco a su rostro—. No se preocupe, no estamos interesados en sus
preferencias sexuales. Sabemos perfectamente a qué negocio se dedicaba la finada. Obtuvimos su número telefónico en el contestador,
junto con otros veinte.

Sanjurjo tomó la foto, la mantuvo frente a su cara y habló como
recitando un prontuario.

—Inmaculada Obregón Bandomo, treinta años, fisioculturista y
prostituta sadomasoquista. Con un anuncio en la sección relax del
diario. —Clavó sus ojos porcinos en los míos y concluyó—: Degolla-
da. Se encontró su cadáver en un descampado.

—¿Está diciéndome que soy sospechoso?

—Por supuesto que no —me aseguró Sanjurjo—. Como ya le
dije, estamos aquí para unas preguntas de rutina.

—Pues hágalas —le dije, fingiendo una exasperación que estaba
muy lejos de sentir—, no olvide que tengo clientes esperando ahí fuera.

—¿Cuándo la vio por última vez?

Le dije el día y la hora en que la muerta había llegado a mi piso
por última vez.

Estuvimos juntos hasta las dos de la madrugada. A esa hora se
marchó.

Sanjurjo se acarició con dos dedos su barba de tres días.

—¿Nunca se quedó a dormir con usted?

—Por supuesto que no, era sólo su cliente, no su novio.

—Ya, ya. Una relación puramente comercial. —Vi asomar a sus
pupilas un repelo de desprecio que se guardó de mostrar demasiado—. En ese caso supongo que será inútil preguntarle nada más con-
cerniente a la víctima.

—En efecto, mi relación con ella se limitaba únicamente a solicitar y pagar sus servicios. Ni siquiera conocía su nombre.

Esta vez el policía no pudo evitar torcer el gesto. Sentí su desagrado como una bofetada.

—Sus servicios, claro. Muy bien —dijo, y se levantó—, de momento será todo. Muchas gracias, señor Higuera.

Cerraron la puerta al salir. Cuando se fueron estuve a punto de darme cabezazos contra las paredes. ¡El contestador!

Ya podía dejar de fingir tranquilidad, la inquietud me ahogaba. Cerré la puerta de la oficina con el cerrojo y me puse a pasear de un lado a otro como un animal enjaulado. Había cometido un error de bulto o, mejor dicho, dos. El primero, citarla por teléfono dejando mi voz y número de teléfono en el maldito chisme y, el otro, utilizar mi casa. La bendita mujer había sangrado como un cerdo y a pesar de mis limpiezas podían quedar rastros microscópicos que la policía no tendría dificultad en encontrar si se presentaba a efectuar un registro. Tendría que incinerar el cubrecama y las sábanas, y quizá la moqueta, a pesar de que todo lo había lavado y relavado. Con las nuevas técnicas científicas, la prueba de ADN y otras zarandajas nunca se sabía.

Estaba tan alterado que me imaginaba a los dos sujetos regresando de pronto para detenerme. Todo mi mundo secreto estaba en peligro. La base de ese mundo era mi anonimato, y ahora la policía conocía mi existencia.

Llamé a Pascual y le dije que tenía que marcharme, que se encargara de todo. Diez minutos después andaba sin rumbo por las calles, necesitaba respirar aire fresco y tranquilizarme. Hasta entonces me había comportado como un ente infalible, la posibilidad de ser atrapado no figuraba entre mis expectativas, me creía un ser superior, impune. La visita me produjo un estado de estupor del que me costaba sobreponerme.

Entré en una tasca y pedí un vino. Lo bebí despacio y conseguí razonar con claridad. Llegué al convencimiento de que los policías no tenían ninguna evidencia en mi contra, seguramente era cierto que sólo estaban siguiendo la rutina habitual.

Entonces destelló en mi cabeza una idea alarmante: yo había eyaculado en ella. Un sencillo examen podía identificarme como el hombre que la había follado antes de su muerte, y aquello sí que era serio. Luego me percaté de que era una tontería, desde luego sabían que yo la follaba, para eso iba a mi casa.

No sentía ningún miedo al castigo de la justicia; mi único temor era verme encerrado en un lugar donde no pudiera seguir con lo mío.

Regresé tarde a mi piso. Cené con desgana y me senté a meditar. El problema no me salía de la cabeza. Para mí era impensable abandonar las muertes. Y sabía que ya estaba en el principio de un tobogán a cuyo término me esperaba la cárcel. Podía extremar las precauciones, pero al final me atraparían y eso era lo que no podría resistir. Me imaginé conviviendo con un atajo de palurdos en un recinto cerrado sin mujeres y tuve un acceso de terror. Prefería morirme.

Pasé toda aquella noche y el día siguiente sentado en mi poltrona predilecta de cara a una pared y revolviendo en mi cabeza las preocupaciones. Sonó el teléfono y era Pascual, desde el despacho. Le dije que estaba enfermo y que siguiera ocupándose de todo. Me aseguró que lo haría, corté y seguí sumido en mi marasmo.

Huir. La idea se formó en mi mente al principio como una posibilidad remota, luego tomó contornos definidos y finalmente la acepté como la única posibilidad real.

Me levanté a media tarde con el cuerpo entumecido y saqué la tarjeta de mi amigo Fernando Planas de la gaveta donde la había dejado hacía más de un mes.

Ponía dos números de teléfono, llamé al segundo y acerté. Atendió una voz femenina sobre un fondo de chillidos de niñas. «Que sí, que sí, está en casa. ¿De parte de quién?» Le dije mi nombre sin saber si hablaba con la asistenta o con la señora, y al momento Fernando se puso al aparato.

—Soy Juan Luis —le dije innecesariamente.

Se deshizo en un fárrago de frases hechas sobre lo bueno que era que lo llamara. Esperé pacientemente a que terminara su cháchara.

—Necesito verte —le dije en cuanto pude colocar una frase.

No se sorprendió demasiado, sólo inquirió la razón de tanta urgencia y le pregunté si podía recibirme en dos días.

—Claro, hombre, no faltaba más.

Le aseguré que estaría en su empresa a las diez de la mañana del día convenido y me despedí sin darle tiempo a soltar otro torrente verbal.

La mañana siguiente la dediqué a solicitar mi excedencia por un año en el colegio de notarios. Luego saqué todo el efectivo que tenía en el banco, empaqué algunas cosas que deseaba llevar conmigo, me metí en el coche, pasé por el despacho e impuse a Pascual de mi decisión. Al otro día temprano salí de Bilbao después de enviarle un saludo telepático a la Ertzaintza. Enfilé la proa hacia El Ferrol y la libertad.

Conservera Cantábrica S. A. ocupaba un enorme y feo edificio de hormigón cerca de un muelle. Al pronto me causó mala impresión, pero cuando estuve dentro me di cuenta de que la empresa era un modelo de organización y eficiencia. Saltaba a la vista que los negocios de Fernando iban viento en popa.

Una gallega rolliza y amabilísima me condujo hasta la oficina de la dirección y me depositó en manos de una secretaria tan agraciada como ella.

—Don Fernando lo atenderá enseguida, señor Higuera —me dijo mientras me servía un café que casi no pude probar, porque en ese momento Fernando salió de su oficina y se me vino encima con un abrazo como si no nos viéramos desde el franquismo.

Pasamos dentro y nos sentamos. La secretaria apareció con mi café en una bandeja y otro para el jefe. Sorprendí entre ellos una mirada fugaz delatora de algo más que una relación de trabajo y sonreí mentalmente. A pesar de todo, Fernando se había agenciado un apaño en la oficina.

—Pero, bueno, ¿y a qué se debe esta sorpresa? —Estaba auténticamente sorprendido y contento.

Dediqué la siguiente media hora a hacerle saber cuán harto estaba de la notaría y de todo, de cómo se me estaba yendo la vida metido en el despacho.

Asintió con expresión convencida. Que sí, que a él le ocurría lo mismo, que ya sabía yo, por lo que me había contado cuando nos vimos en mi casa, que si no fuera por las niñas ya hubiera mandado todo a paseo y se largaba a Cuba.

Lo dejé que siguiera con la monserga durante un rato y luego le pregunté a bocajarro si ya había resuelto lo de su representante en Cuba.

No, no lo había resuelto, seguía con aquel papanatas en La Habana, un tío que no servía para el trabajo, pero no podía despedirlo, los candidatos que tenía a mano eran peores.

—Y para ese puesto necesito personal de confianza, vamos, alguien como tú, por ejemplo.

—Me lo pones más fácil —le dije muy serio—. He venido a hablar contigo porque me interesa ese puesto.

Se quedó de una pieza.

—Pero y la notaría, hombre, ¿qué vas a hacer con ella?

Le expliqué que había pedido excedencia temporal.

—Estoy harto de todo, ¿no te lo he explicado hace un momento? Necesito un cambio de aire. Claro que si no te convengo...

—Que no, que te acepto de mil amores, coño —barbotó, poniéndose colorado—. Sólo que me has tomado de sorpresa.

El resto de la mañana lo pasamos en un torbellino de actividad; me llevó al gerente de personal, hizo preparar mi contrato, salimos a comer una mariscada y de sobremesa me largó una conferencia sobre las obligaciones que contraía en mi nuevo puesto. Regresamos a la oficina y me presentó a otros dos empleados de confianza, me explicó de la A a la Z el funcionamiento de la compañía, de manera que al anochecer estaba totalmente agotado y aún no tenía hotel.

—Te llevaría a mi casa, pero con las niñas de vacaciones aquello es un manicomio —me dijo compungido—. Te diré qué hacer, primero encontramos un lugar para ti y luego nos vamos a cenar a una tasca, como en los buenos tiempos.

El lugar adonde me llevó no estaba mal, un hostal antiguo y acogedor, con muebles de la época de Los Brincos; me instalé en media hora y luego salimos a cenar. De sobremesa discutimos sobre qué hacer el resto de la noche. Fernando opinaba que debíamos irnos de putas, me excusé alegando cansancio y logré quitármelo de encima después de bostezar varias veces.

Me encontré solo en la habitación del hostal, me acosté vestido y me dediqué a lanzar anillos de humo hacia el cielo raso.

Pasé revista a los últimos días y me sentí descentrado. Mi vida se había salido de cauce en unas cuantas horas. Pero no podía quejarme, tenía la escapatoria al alcance de la mano. Ya no me importaba el desagradable Sanjurjo. Si por casualidad sospechaba de mí se quedaría con un palmo de narices, porque en unos pocos días cruzaría el Atlántico. Y nadie sabría dónde me había ido.

No me disponía a hacer las Américas, pero mis perspectivas eran pasablemente buenas.

El día siguiente fue otro torbellino de actividad, se le envió un fax al tío de La Habana notificándole su sustitución y mi próxima llegada y pasé otro montón de horas familiarizándome con la empresa.

Comprendí que Fernando era un as para los negocios, tenía la dosis de audacia suficiente para arriesgarse cuando hacía falta y lo estaba demostrando al contratarme de un día para otro.

A pesar de todo su empuje, chocó contra los lentísimos trámites de visado y otros trámites burocráticos de Cuba. La espera se prolongó durante dos meses, pero finalmente todo estuvo dispuesto. Pasé todo aquel tiempo alojado en el hostal a cuenta de la empresa y muriéndome de la impaciencia hasta que una mañana Fernando irrumpió en la oficinita que me había destinado mientras se resolvían las dificultades y me anunció a bombo y platillo que ya podía viajar.

Cuando la azafata me hubo servido un martini, después de quitarme el cinturón de seguridad, supe que me había salvado, ya no importaba si la policía sospechaba de mí o si únicamente había actuado según la rutina. El Atlántico estaría entre Sanjurjo y yo.


La Habana desde el aire parecía una ciudad de sueños, al menos para mis ojos, después del sofocón de Bilbao. Aparté la vista de la ventanilla y respiré hondo. Me esperaba una vida nueva en otro país del que había oído opiniones buenas y pésimas, y la verdad es que me sentía un poco inquieto, sobre todo sabiendo que, lo deseara o no, el fantasma de mi tía Encarna seguiría empujándome a matar a las mujeres que me gustaran en un lugar donde no conocía a nadie. Ya no la veía en los momentos de exaltación homicida, pero sabía que estaba allí, en el fondo de mi cerebro. A veces pensaba que era ella quien mataba y no yo.

Nadie me esperaba en la terminal del aeropuerto. No me molestaron demasiado en aduanas, porque llevaba muy poco equipaje y nada de especial. Salí a la noche y enseguida me abordó un taxista negro como la pez, que se ofreció a llevarme.

El cabrón del representante de Fernando no se había presentado, sin duda estaría furioso por su destitución o andaría de juerga. No me importaba, tenía decidido incrustarme en la piel de aquella ciudad por mí mismo.

El taxista acomodó mi equipaje en el coche y partimos. Tenía reserva en el hotel Nacional, le dije adonde iba y me puse a contemplar la ciudad. A nivel del suelo no se veía tan bien como desde el aire. La mayoría de los edificios necesitaban una mano de pintura, pero todo tenía un aire de esplendor venido a menos que no me desagradaba. La autopista por la que circulábamos tenía un horrible separador central de hormigón, pero el paisaje que la circundaba no estaba nada mal, salvo algunos edificios que parecían fábricas o algo parecido, todo con un aire bastante cutre, aunque lleno de exótico encanto. Unos cuarenta minutos después entramos a lo que parecía ya la ciudad. Cuando subimos una cuesta pasamos junto a un enorme monumento de mármol y enfilamos por una avenida con un paseo central en pendiente que se perdía a lo lejos, el taxista me informó de que ya estábamos cerca.

El hotel sí que me dejó impresionado. Levanté la vista hacia el precioso artesonado en cuanto entré en el vestíbulo bien iluminado y estuve a punto de tropezar.

No estaba cansado porque había pasado casi todo el vuelo durmiendo. Me registré, dejé el equipaje en la habitación y bajé al vestíbulo, pasé a un precioso jardín interior y me senté en una poltrona de las que había en la galería que lo circundaba, pedí un vino y me dediqué a observar el ambiente.

Hacía calor para mi gusto, pero corría brisa desde el mar y se estaba bien allí. Alemanes, españoles, franceses e italianos pululaban por todo aquello y el ambiente era agradable e invitaba a relajarse. Noté algunas chicas cubanas bien vestidas, pero con aire equívoco, y adiviné que eran las famosas jineteras, de las que me había hablado Fernando. Un resorte se activó en mi interior cuando una mulata monumental pasó cerca y me lanzó una ojeada. Tenía la piel del color de la canela y los ojos verdes. Casi pude olerla, o me lo imaginé.

Llamé al mozo, pagué y me fui a mi habitación. Era demasiado pronto para escarceos.

A la mañana siguiente desperté con el timbre del teléfono, eché una ojeada al reloj, eran pasadas las nueve.

Atendí y una voz desagradable me respondió.

—¿Don Juan Luis Higuera?

—Al habla.

—Soy Francisco Baena, de Conservera Cantábrica —mi interlocutor hablaba muy deprisa, con acento nervioso.

—Usted dirá.

Al parecer, mi laconismo lo animó un poco, oí como si tomara aire.

—Ayer me fue imposible ir a esperarlo al aeropuerto, le ruego que me disculpe, un compromiso ineludible…

Lo dejé hablar mientras pensaba que si el ex representante era tan torpe como estaba demostrando se merecía que Fernando lo hubiese largado mucho antes. Cuando consideré que su sarta de justificaciones debía terminar lo interrumpí.

—Escuche, Baena —le espeté con un tono glacial—, espéreme dentro de dos horas en la oficina. Empléelas en preparar un informe final; además, quiero los estados de cuentas hasta el día de ayer. ¿Entendió?

Al otro lado se produjo un gruñido y luego la voz dijo que sí. Colgué.

Llamé al servicio de habitaciones, me duché con calma, me vestí y luego me desayuné con parsimonia, disfrutando todo lo que comía. Por las ventanas veía el inmenso azul del mar y su contemplación me calmaba.

Salí un poco más tarde, atravesé lentamente el vestíbulo y al bajar los escalones de la puerta un taxi se deslizó frente a mí y el portero se apresuró a abrirme la portezuela. Ordené al conductor que me llevara a la Lonja de Comercio y partimos.

Veinte minutos después entraba en la oficina de la empresa. Fernando me había hablado sobre el edificio, recién remozado, donde tenía sus oficinas, pero, aun así, me quedé impresionado, no me esperaba algo semejante en Cuba. Estaba yendo de sorpresa en sorpresa, pero de momento tuve que dejar a un lado mis impresiones porque una mujer madura, bien plantada y olorosa a Paloma Picasso me estaba saludando con mucha ceremonia y colegí que aquélla debía de ser Aurora, la secretaria, de quien Fernando me hablara maravillas. Para romper un poco el hielo le di la mano y luego la besé dos veces, a la española. Me mostró enseguida el camino a mi despacho. En realidad, toda la compañía ocupaba tres piezas y un espacio minúsculo donde se hacía el café, cuyo aroma me había asaltado nada más entrar.

Aurora me trajo una taza del néctar y la invité a sentarse. Lo hizo en uno de los dos butacones mullidos que había en el despacho y yo ocupé el otro. No me interesaba meterme tras el buró enseguida, quería ganarme a aquella mujer que, dicho sea de paso, tenía unas piernas deliciosas y llenaba la oficina con su perfume y su feminidad.

De pronto parecía una vasca, pero al oírla hablar enseguida se conocía que era cubana. Le pregunté por Baena y tuvo un pequeño titubeo antes de decirme con total franqueza que no se había presentado aún. Seguramente me había llamado al hotel desde su casa. Por lo visto, el tío había perdido totalmente el respeto de los empleados, de lo contrario aquella mujer tan formal no lo entregaría así.

—Bueno, ya me arreglaré yo con él —le dije sin traslucir mi irritación—. Ahora me gustaría que usted me mostrara cómo están las cosas. El presidente está preocupado.

La mujer se cuadró de hombros, empezó a sacar papeles y en poco menos de una hora me puso al corriente de todo lo que debería haber sabido por boca de mi predecesor. Vi con claridad que era una persona totalmente de fiar, y que, como la mayoría de los que trabajaban en firmas extranjeras en el país, se preocupaba por cuidar su puesto, porque en Cuba un salario en moneda fuerte era como tener a Dios agarrado por las barbas. Mentalmente la puse encabezando la lista del personal de confianza, pero no dije nada, me limité a asentir con movimientos de cabeza cada vez que me explicaba algo.

El otro empleado de la compañía, de nombre Justo, tenía una

mesa allí, pero permanecía casi todo el tiempo en el puerto, atendiendo los embarques de mercancía. Me mostró los papeles de todo aquello y concluí que el tal Justo también cumplía cabalmente con lo suyo, de manera que el único dedo malo era precisamente mi compatriota.

El dedo malo se presentó alrededor de las once, y sus ojos enrojecidos me aclararon enseguida cuál era el compromiso por el que no pudo recibirme. Lo hice pasar al despacho, cerré la puerta y le canté cuatro frescas sin levantar la voz. Le entregué la carta que me había dado Fernando haciendo oficial su despido y le pedí que despejara el escritorio. Ya lo había hecho, de modo que le dije delicadamente que podía largarse y lo hizo, no sin antes dedicarle una rencorosa mirada a Aurora, como si pensara que los resultados de su conducta se los debía a ella.

Pasé el resto de la jornada haciendo una serie de llamadas telefónicas que me había encargado Fernando, porque, entre otras cosas, había traído encargos y paquetes para media docena de cubanos. Discretamente, Aurora me dijo que podía encargarse de aquello, que ella tenía un coche, y ya que hablábamos del tema, me entregó las llaves del auto que había dejado Baena al irse.

Llegó el final de la jornada y decidí romper una lanza por la coexistencia amistosa, la invité a tomar algo en el elegante café de la esquina.

—No me diga usted que tiene prisa, acabo de llegar y necesito ambientarme.

—Acepto —contestó con una sonrisa, y recogió su bolso.

El café estaba muy bien, y los mozos eran diligentes y silenciosos. Por un momento me pareció estar de nuevo en Europa, pero el sol tropical que brillaba del otro lado de los cristales del local refrigerado me sacó de la ilusión.

—¿Nunca antes había estado en Cuba, señor Higuera?

—Llámeme Juan Luis —le dije—. Creo que vamos a trabajar muy bien usted y yo. No, no había estado antes, y la encuentro muy interesante.

—Gracias —contestó muy seria y me pregunté si habría tomado la frase como una insinuación.

Trajeron el café y lo bebimos lentamente mientras hablábamos de naderías.

—Por cierto, no me ha dicho dónde está alojado.

—En el hotel Nacional. Muy bueno —le ofrecí un pitillo, pero lo rechazó y sacó un paquete de tabaco cubano. Le pedí uno para probarlo, lo encendí y lo encontré de mi gusto.

—Pero muy caro —observó ella expulsando una columna de humo—. Tiene que encontrar algo más económico.

—¿Otro hotel?

—No, me refiero a una casa. Hay personas que alquilan.

—Ah, comprendo, pero hay que dar tiempo al tiempo, todavía no conozco a nadie.

—Yo conozco a una persona con una buena casa en Miramar y pudiera ver si quiere alquilarle, al menos allí el precio sería mejor.

Me di cuenta de que Aurora quería agradarme sin ser aduladora y, por añadidura, tenía un interés sincero en ayudar.

—Averigüe entonces, la verdad es que usted tiene razón, el hotel es realmente caro. ¿Otro café?

Aceptó otro café y lo bebimos en silencio, yo mirando hacia el edificio de la terminal de cruceros al otro lado de la Lonja y ella con la mirada un poco perdida y probablemente preguntándose cómo le iría en adelante con aquel jefe un poco extravagante que la invitaba a un café el primer día de trabajo.

Tenía deseos de caminar. Nos despedimos después de que ella me dijera que debía seguir por todo el Malecón hasta encontrar el hotel y me fui a pegarme una ducha para quitarme el clima tórrido de la piel.

El atardecer lo pasé en el corredor del hotel bebiendo café en la misma poltrona del día anterior.

Las muchachas cubanas que andaban zascandileando por los alrededores eran veinteañeras, lozanas y muy risueñas. Algunas evidentemente esperaban a alguien con quien habían quedado, pero las demás deambulaban con una mezcla de desenfado y discreción, abordaban a los hombres solos, se sentaban a su mesa con el más leve pretexto y coqueteaban con una gracia irresistible. No se parecían en nada a sus colegas europeas, al rato comprendí la razón de su fama: son prostitutas que se comportan como amantes.

# 4

—Terminé con Giorgio.

Me lo dijo sin entonación, en medio del silencio después de terminar la taza de café que ponía punto final a una de sus magníficas cenas a la italiana.

La noticia me puso contento, pero lo disimulé bajo una sonrisa que pretendía ser indiferente.

—¿Y eso cómo fue?

—Es un tipo mierdero —respondió con una mueca—. Ya me tenía cansada. Anda metido en otros negocios sin ninguna relación con los montacargas. Eso es una tapadera. En realidad le interesa traficar con obras de arte, pinturas, porcelanas y hasta prendas. ¿Te acuerdas la anécdota del amigo suyo que lo sacó de un tremendo problema?

—Sí, más o menos.

—Bueno, pues me enteré por él mismo que ese amigo se llevó de Cuba a una muchacha que era su contacto para conseguir obras de arte aquí. Se fue con él para Italia, pero unos meses después el tipo quiso hacerle maraña a unos clientes en París o en Roma, no sé bien, y los clientes lo mataron. Así pues, la cubanita se quedó embarcada allá. Entonces Giorgio ha sustituido al otro y anda en esos negocios con unos negros bandoleros de Lawton. Como yo no quiero nada con ese tipo de líos, le dije *arrivederci*. Pero vamos a cambiar el tema, no estoy para coger lucha.

Apuró un resto de café que quedaba en su taza y me largó una de sus miradas insinuantes. Sus ojos adquirían una transparencia casi líquida cuando miraba de aquella forma, con la cara muy seria y una expresión invitadora en la mirada.

Yo ya ni siquiera intentaba resistirme a la atracción que sentía por ella, aunque mi tullida sexualidad colgaba como una espada de Damocles sobre todos los pensamientos lujuriosos que me inspiraba. Había tratado de darle una salida a mis tensiones escribiéndole unos extravagantes poemas en prosa, pero no me atrevía a enseñárselos. Si Góngora me hubiera visto en eso, enseguida me habría soltado una de sus frases predilectas: «¡Tremendo engome, caballo!»

Recordé al gordo y me sonreí con envidia. Su mujer era una real hembra eslava y el matrimonio le iba de maravilla. Todo lo contrario que a mí.

—¿Te dormiste?

La pregunta me sacó de los recuerdos. Nilda me sirvió otro café y se fue a fregar los cacharros.

—¿Y qué piensas hacer?

—No sé —se encogió de hombros—. Tengo dinero. Estoy consiguiendo una permuta por este cuarto con dinero arriba. Tengo un corredor de permutas metido en eso.

—¿Te vas a ir del solar? —En contra de mi voluntad la voz me sonó quejumbrosa.

Levantó la vista de los platos sucios.

—Sí, pero no me voy a olvidar de mi único socio verdadero.

Me tiró un beso y el piso se movió debajo de mi silla. Nunca me había gustado tanto una mujer.

—¿Quieres ver una película? Ahí tengo una que alquilé hoy.

Hurgué en el mueble donde tenía el vídeo y saqué una casete.

—Ponla, que es de espías.

Me acomodé en el sofá y al rato se sentó a mi lado, subió los pies y casi se acostó sobre mis piernas.

—Córrete que no quepo aquí.

Me reacomodé y me quedé quieto, aspirando su olor a mujer con desodorante, sin poder concentrarme en la *Misión imposible* que se desarrollaba en la pantalla. La mía era más difícil: soportar como Tántalo el suplicio de su cercanía.

• • •

Mientras cruzaba los cuatro o cinco metros de pasillo oscuro que separaban su puerta de la mía me dominaba el presentimiento de que aquella noche ocurriría entre nosotros algo más que una conversación con insinuaciones y sonrisas. La certeza de estar a punto de tener que enfrentarme con mi incapacidad me puso en el vientre un cuchillo helado y casi volví sobre mis pasos, pero aquel rectángulo de madera me atraía en la oscuridad del edificio como un agujero negro a la gravedad. Sabía que ella estaba allí, en el nido que se había fabricado en medio de la suciedad y el deterioro, metida en su crisálida de mariposa nocturna de esta ciudad cariada que se caía a pedazos sobre las cabezas de sus habitantes.

El deseo de su cuerpo me llenaba como una enfermedad, la necesidad de su compañía era una drogodependencia. Sólo me sentía completamente bien cuando la veía y hablaba con ella. El resto de mi mundo particular era una foto desenfocada, un dibujo borroso.

En los dos meses que llevaba de conocerla nuestra creciente intimidad se había convertido en una alegría y un purgatorio. A veces me preguntaba si no consideraba mi amistad como la de un eunuco amable e inofensivo, y la idea me hacía rabiar hasta impedirme el sueño. Si desaparecía tres o cuatro días y me imaginaba que andaba con alguien, me atormentaban los deseos de verla, aunque no caía en la estupidez de sentirme celoso. Pero cuando estábamos juntos y el olor de su cuerpo me recordaba que todavía era un hombre aunque no pudiera ejecutar mi masculinidad, cuando derramaba su encanto perturbador en una frase o una mirada intencionada, era como si me aplicaran brasas ardientes.

Esa tarde se había asomado igual que siempre, de improviso y sin tocar a la puerta, interrumpiendo mi eterna tarea de tallar imágenes levemente obscenas para el Asmático y me había pedido que por la noche fuera a su cuarto. Y sus ojos castaños me habían enviado un mensaje imposible de ignorar. Por eso estaba dudando en la oscuridad, arriesgándome a que algún vecino saliera y me viera ante su puerta. Algo que expresamente habíamos acordado evitar.

Toqué dos veces con los nudillos, como hacía siempre, y me percaté de que la puerta no estaba cerrada.

—Entra —me susurró desde dentro. Empujé la hoja y la vi mientras atravesaba el umbral hacia la media luz del interior.

Sobre la mesa ardía un palillo de incienso. Me esperaba hecha un ovillo en el butacón mullido detrás de la puerta, con las piernas recogidas y la barbilla apoyada en las rodillas. Cubierta con un *negligé* negro que descubría sus brazos, y con los pies apoyados en el borde del asiento. El pelo se desplomaba por sus hombros. En el aire flotaba un aura inequívoca de complicidad sexual. Como al descuido me envió un beso silente con un simple fruncimiento de labios y yo me limité a devolverle el gesto mientras trataba de dominar mi nerviosismo.

Junto al palillo de incienso brillaba una botella de Chivas Regal y un vaso. El otro lo tenía ella en las manos. Lleno.

Puse dos dedos de licor en el vaso, le añadí un trozo de hielo. Me senté en el butacón vacío frente a ella y bebí despacio. Nos mirábamos a los ojos con tanta intensidad como si la vida entera fluyera entre nuestras córneas. Ella entreabrió un poco los labios y se los humedeció con la punta de la lengua.

—Hoy te voy a dar un regalo —me dijo como si hablara de algo intrascendente. Y supe que tenía que decírselo allí mismo.

Me bebí de un sorbo lo que me quedaba en el vaso y esperé a que el calor llegara hasta mi estómago. Moví el vaso haciendo sonar el trozo de hielo y escuché de lejos mi propia voz diciéndole:

—¿Tú sabes que a mí no se me para? Por una cosa que me pasó en Angola.

La sorpresa fue brevísima. Hubo un leve pestañeo que casi no alteró la mirada de deseo con que me estaba volviendo loco.

—¿De verdad no puedes? —cuchicheó. Le respondí con un breve movimiento de cabeza.

Se quedó pensativa unos segundos, con la mirada perdida, luego clavó de nuevo sus ojos en los míos.

—Si no se te para me importa poco, tú eres el único tipo que es de verdad mi socio, y de todas maneras el regalo va. No te preocupes que yo me encargo de que la cosa funcione. Sírvete más.

Cuando regresé a sentarme con el vaso lleno me dedicó una de sus sonrisas de Gioconda antes de comenzar a mostrarme su regalo.

Lentamente, con milimétrica demora, sus rodillas se fueron alejando una de la otra como las colinas de Gibraltar bajo las manos de Hércules, al mismo tiempo que el batilongo de seda comenzó a subir a modo de telón teatral, descubriendo sus muslos cubiertos de vello sedoso.

Me quedé allí, galvanizado por el espectáculo, hasta que toda la maniobra terminó y quedó abierta como una corola, ofreciéndose.

El tiempo se había congelado. No sé cuánto estuve preso en la invitación de sus ojos. Luego fui consciente de que mi brazo, como un mecanismo autónomo, se movió *pianissimo* y dejó el vaso en el suelo. Resbalé muy despacio del asiento y me encontré de rodillas.

—Cómeme —decía el animal sonrosado y oscuro entre sus muslos, repitiendo la invitación de sus ojos. Y fui gateando hacia él como un insecto cayendo hacia la luz. Arrastrado por una compulsión ancestral, sepulté mi cara en su sexo oloroso. Aspiré alucinado su perfume íntimo.

Durante una eternidad salpicada de jadeos y frases nos debatimos en una lucha suave, girando alrededor del núcleo de su placer como planetas deslumbrados en torno a una supernova. Sus muslos eran un dogal tibio en torno a mi cuello y sus uñas acariciaban mi nuca y se metían en mi pelo como abejas.

Bebí sus jugos una y otra vez durante toda la noche mientras afuera los famélicos perros del vecindario se peleaban a ladridos sobre los contenedores de basura y algún borracho tartajeaba una canción de moda.

Se limitó a ofrecerme su sexo como una fruta, sin solicitar ninguna otra cosa. No pude evitar el recuerdo de Julia, y comparé su estupidez con lo que ahora ella estaba haciendo.

La mañana nos sorprendió entrelazados en el sofá, semidesnudos, ella dormida y yo insomne. En estado de gracia.

Se separó de mí y la sentí trajinar en la cocina, pero me quedé adormilado hasta que me despertó del todo con un tazón de café retinto.

—Tómatelo y vete para tu cuarto antes que la gente empiece a despertarse y a joder en el pasillo.

Quise decirle algo, pero me tapó la boca con una mano.

—Esto que pasó volverá a pasar —me dijo con una sonrisa—, pero cuando yo te diga. Nada más deseo que sepas que te quiero mucho. Sin embargo, soy libre y voy a seguir como hasta ahora. No quiero celitos, ni escenitas, ni nada. Tan amigos como siempre. O más —añadió con una expresión de picardía.

Asentí y me tomé el café. Me llevó hasta la puerta y se despidió con un beso rápido.

—Oye —me detuvo en el último momento—, y no te preocupes tanto por lo que no puedes hacer, que en lo que puedes eres un maestro. Me pusiste en órbita.

Me fui por el pasillo como si caminara sobre algodón. Había aceptado mi impotencia con un desenfado que me tenía desconcertado, pero no por ello menos eufórico.

Entré en mi cuarto, me dejé caer en la cama. Traté de serenarme, pero no podía dejar de pensar en ella. Tenía el sabor de su intimidad en mi boca, como el regusto de un vino picante, y su olor a hembra se había impregnado en mi piel. Me sentía hombre después de años de vegetar en la sombra de la abstinencia forzada como un andrógino.

Horas más tarde, cuando el tiempo hubo puesto un paréntesis de cordura en mi cerebro, comprendí que lo que daba a otros como una mercancía, a mí me lo había entregado como una ofrenda. Había traspuesto la barrera de mi limitación para tenderme una mano.

A pesar de su reticencia a establecer cualquier compromiso, a pesar de su insistencia en no concederme derechos sobre ella, todo había sido un acto de amor.

Se convirtió en nuestro pacto secreto. Éramos dos conspiradores. Ella a veces desaparecía, pero siempre regresaba, y yo no hacía preguntas.

Cuando deseaba que la visitara por la noche me dejaba un trozo de tela atado en la manija de su puerta «como las doncellas de los libros de caballería», me dijo, muerta de risa, cuando le pregunté el porqué de aquella extravagancia.

Me sentía mejor de lo que había estado en años. Como en la

canción de Pablo, no era perfecta, pero se acercaba a lo que yo siempre había soñado; además, ciertamente la prefería compartida a mi anterior soledad. No me hacía ilusiones, no pensaba en nada, era sencillamente delicioso dejarse llevar en los tejemanejes de aquella Circe.

Siempre andaba distraída y un poco distante, como si el mundo fuera un escenario en el que debiera pasar algunas horas cada día. Su verdadera esencia nunca estaba a flote, lo cubría con una máscara de superficialidad que adiviné era su arma para cruzar el fango en que vivía tratando de no ensuciarse demasiado.

A veces me desesperaba su distanciamiento, pero no quería violentar nada, temía demasiado que se alejara de mí. Muy despacio comprendí que estaba enamorado.


El Castillo de Farnés se había convertido en un cuchitril de mala muerte hasta la llegada del período especial, ese eufemismo preparatorio de la circulación libre del dólar, la llegada masiva de turistas y el auge del jineterismo.

Ahora ha recuperado su carácter, y me encanta sentarme en la barra a tomar cerveza mirando hacia la ennegrecida pared lateral del Instituto José Martí. Es un lujo adquirido después de que prosperaron mis negocios con el Asmático. Voy al atardecer, cuando no hay mucho barullo, me tomo una Heineken y pienso en las injusticias de la vida, como si tarareara mentalmente un bolerón antiguo o un tango de arrabal.


Bebía cerveza y llenaba de humo el local una de tantas tardes en que Nilda llevaba dos semanas desaparecida del solar y me sentía como un trasto inservible. En una mesa cercana, un europeo largo y flaco como un paraguas de solterona comía torrejas y consultaba una guía turística de la ciudad con sus ojillos miopes.

Entraron tres muchachas y se sentaron a otra mesa. Iban vestidas con la afectada inelegancia de ciertos jóvenes con inquietudes intelectuales: pantalones anchos y arrugados, espejuelos sin aros, multitud de brazaletes de cuero y cobre, collares de abalorios y un desenfado que parecía formar parte de su indumentaria, sin llegar a la vulgaridad generalizada entre las gentes de su edad.

Estaban demasiado flacas para mi gusto.

El camarero se les acercó con su sonrisa prefabricada. Pidieron cerveza nacional y se enfrascaron en su conversación. Dejé de prestarles atención y me concentré en las burbujas del fondo de mi vaso y en las ganas que tenía de ver al objeto de mis fijaciones.

Volví de mi distracción un rato después. El paraguas seguía leyendo y las muchachas habían pedido la cuenta, una de ellas sacó un billete de cinco pesos y lo puso en el platillo.

El camarero puso cara de vinagre.

—Son tres dólares —dijo muy despacio.

La muchacha que había pagado volvió su cara hacia él con expresión de la más pura inocencia.

—Pero si yo le estoy pagando con moneda de curso legal —dijo con una vocecita afectada. Las otras permanecían calladas y muy serias, pero se notaba que hacían esfuerzos para no reírse. Era una broma, pero el camarero no estaba para eso.

—Mira, niña, déjate de gracias y paga —le espetó mientras dejaba caer su peso sobre una pierna.

La muchacha no se inmutó, cogió el billete con dos dedos, lo levantó hasta la altura de sus ojos y leyó despacio, como si recitara:

—«Este billete tiene curso legal y fuerza liberatoria ilimitada, de acuerdo con la Ley, para el pago de toda obligación contraída o a cumplir dentro del territorio nacional.»

Volvió la cara hacia el camarero y preguntó:

—¿Esto no es territorio nacional? Si es así entonces yo puedo pagar con este billete, que es de curso legal.

El camarero carecía de la sutileza necesaria para aquel duelo de ingenio. Dio una patada en el suelo y resopló.

—¿Pagas o no pagas?

—Pero si yo no me niego —dijo la muchacha con cara de angelito—. Cóbrame.

El extranjero levantó la vista extrañado por el tono de las voces. Aquello parecía una escena de sainete.

—¡Policía! —llamó el camarero al jovenzuelo uniformado que
se aburría en la esquina de Obrapía, al otro lado de la ventana.

Las otras dos se pusieron lívidas, pero no dijeron nada. La broma estaba llegando demasiado lejos.

El policía dio la vuelta a la esquina y entró al local pisando fuerte con sus zapatones. Era un mulato achinado de no más de veintidós
o veintitrés años. El camarero se le acercó. La muchacha aprovechó
la ocasión, sacó del bolsillo un billete de cinco dólares y sustituyó el
que estaba en el platillo.

—Mire a ver estas mujeres, que no quieren pagar —dijo el camarero.

El policía pareció confundido, pero metió los pulgares en el cinturón, puso cara de importante y se dirigió a las tres muchachas.

—¿Qué es lo que pasa?

—Nada —dijo la bromista—, acabo de pagarle a este señor y no
sé por qué se ha puesto así. —Cogió el platillo y se lo enseñó al policía con el billete de cinco dólares.

El camarero se quedó pasmado.

—¡Usted quería pagar con pesos cubanos!

Ella mantuvo su expresión de candidez y no abrió la boca.

—Ahí lo que hay son cinco fulas, compañero —dijo el policía.
Cogió el papel de la cuenta y lo leyó—. Y la cuenta es de tres.

Tuve que morderme la lengua para no reírme.

—Hay que fijarse bien en las cosas antes de molestar a la autori-
dad —sentenció el policía con un dedo admonitorio dirigido al pecho
del camarero. Dio media vuelta y se fue caminando con gran digni-
dad hacia su puesto en la esquina.

El camarero fulminó a las tres bromistas con una mirada asesina,
cobró lo consumido, les dejó el cambio y se fue bufando. Las tres
muchachas salieron a la calle y doblaron la esquina de Obrapía muertas de risa.

—Comemierdas —masculló el camarero.

—Allá tú que perdiste la tabla —le contestó el cantinero, luego
de haber seguido todo el incidente conteniendo la risa—. Esas chiquitas jóvenes son todas unas jodedoras.

Pagué y me fui para el solar. El incidente me había sacado de la abulia, y para completar, cuando llegué a mi casa vi encendida la luz del cuarto de Nilda y el trapito que era mi señal amarrado en la puerta. Era una de mis noches felices. Entré en mi casa a acicalarme y esperar a que fuera la medianoche para ir a llamar a su puerta.

Cuando terminé de leer, la expresión de su cara me dijo que la había conmovido.

Se acercó y me besó.

—Nunca nadie me había escrito un poema —dijo con la voz quebrada.

—Estoy tan enamorado de ti que me ha dado hasta por hacerme el poeta —le contesté con una media sonrisa que trataba de ocultar mi nerviosismo—. Me gustaría ser un hombre completo para estar contigo, pero ya ves que me falta lo principal. —«Al fin se lo dije.»

Hizo un esfuerzo y sonrió.

—Tú eres un hombre completo, más que muchos.

Nos besamos con furia, bebiéndonos el aliento. Durante una pausa recostó su cabeza en mi hombro.

—Mira —me susurró al oído—. Yo no voy a cambiar. Si ligo a un extranjero que cargue conmigo, me caso y me voy echando; nosotros dos tenemos que seguir como hasta ahora. Yo te doy lo que tengo y tú me das lo que puedes.

—No puedo aspirar a más.

—No te tengas lástima. Ya te dije que para mí eres un hombre completo, aunque no se te pare. Te voy a dar el regalito que te toca hoy.

Extendió la mano, pulsó el botón de *play* en la grabadora.

La dulcísima voz de Ana Belén inundó el cuarto con su magia. Cerré los ojos y me dejé llevar a una región de ensueño por las caricias de mi amiga y la voz de hada que penetraba por mis poros, pulsando en cada una de mis terminales nerviosas.

> *Lía con tus brazos*
> *un nudo de dos lazos*
> *que me ate a tu pecho,*
> *amor*

Estaba sobre mí en el sofá, con sus senos tibios aplastados contra mi pecho y sus labios como un animalito tibio explorando los relieves de mi cara. Su cuerpo ardía y mi cabeza estaba sepultada bajo la cortina de su pelo azafranado que olía como debe oler el paraíso.

Ya no me importaba nada, el mundo podía estallar al segundo siguiente, las galaxias podían detenerse de pronto olvidando el impulso del *Big Bang*. Lo único que deseaba era permanecer en aquel éxtasis por el resto de mi cabrona vida.

> *Lía con tus besos*
> *la parte de mis sesos*
> *que manda en mi corazón*

> *Lía cigarrillos de cariño y sin papel*
> *para que los fume*
> *dentro de tu piel*

La Habana es como una vieja leona que a pesar de la edad y los achaques todavía tiene buenos dientes.

La frase se me ocurrió a los dos o tres meses de vivir aquí, cuando conocí el barrio de Miramar.

Una tarde Aurora tocó la puerta, entró en mi oficina con una sonrisa y me anunció que tenía una casa perfecta para que yo me hospedara.

—La propietaria es una señora mayor —me explicó—. Hablé con ella y está dispuesta a alquilarle. Se irá a vivir con una nieta, así que usted va a tener mucha privacidad.

—¿Le dijo algo del precio?

—No, eso lo discute con ella, pero no se preocupe, no será mas de lo que le cuesta el hotel.

—Usted me deja de una pieza —le comenté—. Yo pensé que se había olvidado del tema.

—No tiene importancia, le dije que lo ayudaría y lo estoy haciendo.

Apilé los documentos que estaba revisando en una esquina de la mesa y me puse de pie.

—¿Podemos ir a ver la casa ahora?

—Sí, cómo no.

—Vale, dígale a Justo que saldremos durante una hora. Que se quede a cargo.

Cinco minutos después rodábamos por el Malecón hacia Miramar. Ya me había familiarizado bastante con la ciudad, pero no estaba preparado para la impresión que me causó Miramar. El encanto y el aspecto del barrio me cautivaron.

Se lo dije a Aurora y se rió de buena gana.

—Usted se la pasa del trabajo al hotel y del hotel al trabajo. Debería dedicarle algún tiempo a pasear y conocer la ciudad; el trabajo se queda y uno se va. Además, ¿qué va a contarle a sus amigos cuando regrese a España?

Seguimos conversando de naderías el resto del camino. Aurora me resultaba simpática y, además, estaba muy buena a pesar de sus cuarenta y tres años, aunque no era mi tipo.

La casa era antigua, pero amplia y bien conservada. Estaba recién encalada, algo notable en una ciudad de fachadas despintadas y carcomidas. Me imaginé que el maquillaje se lo habían aplicado para mi beneficio.

Nos abrió la puerta una viejecilla tan delgada que parecía a punto de romperse. Se movía con mucha lentitud y sus grandes ojos negros conservaban la vivacidad que le faltaba a su cuerpo.

—Gloria, éste es el señor de quien le hablé —vociferó Aurora, y comprendí que la vieja estaba sorda como una tapia.

—Encantada —me tendió la mano, y mientras estrechaba con cuidado el montón de huesecillos pensé que con toda seguridad aquella momia había sido una belleza en sus tiempos.

Nos sentamos en la sala y me preparé para una conversación larga y difícil, pero, para mi sorpresa, me anunció tranquilamente que me alquilaba toda la casa por trescientos dólares al mes.

Lancé una mirada circular por la sala de estar-comedor y el ventanal de cristal a través del cual se veía el muro que separaba la casa de la propiedad vecina.

—¿Le gusta? —inquirió Gloria; el tono mesurado no consiguió enmascarar la ansiedad.

—Hasta donde veo, sí —contesté con cautela.

—Enseguida mi nieta le enseñará el resto de la casa.

En eso apareció una mujer pálida y circunspecta que llevaba una bandeja de plástico con tres tazas de café.

—No sé cómo habrá quedado —murmuró cuando me ofreció la mía—. Es de la bodega.

Probé el brebaje, que resultaba pasable, y proclamé que era excelente.

—Yuleisy, enséñale la casa al señor.

La nieta me hizo señas de que la siguiera y me precedió por un corredor hacia el fondo. Su cuerpo fuerte olía ligeramente a sudor.

La casa sin duda había sido una mansión en sus tiempos, y aún conservaba restos de su antigua belleza, pero ya se advertían los signos del deterioro, consecuencia de la estrechez económica, en las paredes, que pedían a gritos una capa de pintura nueva, en los muebles de los años cuarenta, en los carcomidos marcos de ventanas y puertas. En el aseo faltaban azulejos, el esmalte de la bañera había saltado en varios lugares y los grifos estaban oxidados. Todo era muy cutre, pero me convenía.

En el patio trasero descubrí una escalera que se metía bajo los cimientos de la casa.

—¿Y eso qué es? —le pregunté a Yuleisy.

—¡Ah!, es el sótano. Ahí mi abuelo guardaba herramientas y trastos viejos, pero ahora está medio vacío. Le dejaremos una llave de la puerta por si la necesita.

Yuleisy sonrió y el gesto le devolvió la belleza a su cara eternamente compungida.

Regresamos a la sala. La vieja se mantenía muy derecha en su sillón, como la imagen de una dama antigua. Nada en su actitud indicaba que necesitaba desesperadamente el dinero. Pero yo lo había adivinado.

Acordé con ella una fecha para mudarme y allí mismo le pagué el alquiler de tres meses.

Tomó el dinero con mucha compostura y me brindó más café.

En el camino de regreso a la oficina Aurora me contó que la señora había sido una pianista famosa en su juventud, pero se había quedado casi sola cuando toda la familia se fue a Estados Unidos.

—La única persona que le queda es esa nieta.

Yo asentía maquinalmente mientras me imaginaba todo lo que podría hacer en aquel caserón.

Se me estaban alborotando los deseos. Así y todo tuve que acallarlos como pude durante meses, hasta que conocí mejor mi nuevo coto de caza.

A la salida del trabajo decidí pasear un poco y en vez de dirigirme a Miramar aparqué en la plaza de Armas, un lugar que ya conocía bien. Vagué un rato por allí sin prestar atención a los libreros de viejo que vendían en el parque.

Terminé por irme al Café de París a beber una cerveza.

Una mulata joven entró en el local y pidió un paquete de cigarrillos en la barra. Cuando se volvió para salir, su mirada tropezó con la mía y por unos segundos nos hablamos con los ojos.

Se acercó a mi mesa con un cigarrillo en la mano. Le ofrecí lumbre.

—¿Español? —me preguntó a través del humo.

—De Madrid —le mentí mientras la invitaba a sentarse. Su piel de cobre armonizaba con el amarillo subido del overol elástico que la cubría como una segunda piel.

Le pedí una cerveza y enseguida pegamos la hebra. Me dijo su nombre: Yusney, y me contó su vida con esa franqueza tan peculiar de los cubanos. Vivía en la casa de una amiga porque toda su familia era de Guantánamo, en el otro extremo de la isla. Recién graduada de Odontología, pero no pensaba regresar a la casa paterna. Y muchísimo menos trabajar ocho horas diarias en un policlínico dental.

—Aquello no es para mí. Me gusta La Habana, ir a discotecas, salir, compartir. ¿Comprende?

Desde luego que sí, que la comprendía, le dije.

—En España es la misma historia, la gente joven deja la aldea y no vuelve.

—Me gustaría casarme con un extranjero, me soltó con una candidez que no supe si era real o fingida. Sus ojos me decían que se estaba ofreciendo, pero yo mismo no me creía que pudiera ser tan fácil.

El bar se había llenado, el barullo y los sones que maltrataba un trío de mala muerte me molestaban.

—¿Qué tal si nos vamos a otro sitio más tranquilo a charlar?

Aceptó sin titubeos y supe que ya era mía. No la dejaría escapar. Me devoraba la curiosidad por saber si su piel tenía el mismo color cobrizo en los lugares donde la ropa la cubría.

Nos fuimos al bar El Patio. No necesité hacer ningún esfuerzo, porque ella misma me tiró los tejos.

Dos horas después la invité a mi casa.


El sótano apestaba a moho y la anémica bombilla que colgaba del techo apenas alumbraba, pero yo no necesitaba demasiada luz. Me conocía el sitio de memoria y ya tenía preparada una fosa en el rincón más lejano, junto a la pared. La abrí al poco tiempo de mudarme, cuando bajé por primera vez y encontré un pico y una pala entre los trastos almacenados.

Extendí un gran saco de polietileno junto al agujero y puse a mano un rollo de soga, todo comprado con mucha anticipación.

Subí a la casa y en el dormitorio me quedé mirando a Yusney. Tal como lo imaginé, su piel era de un dulce color de café con leche claro, una verdadera delicia que aún conservaba un resto de belleza. Pero lo más hermoso era su monte de venus, un arbusto ensortijado y brillante, como Velcro negro.

La línea donde la corbata con la que la maté mordió su cuello había adquirido un color violeta, pero su cara de muñeca no estaba alterada.

Solté las ataduras de sus manos y tobillos y le quité el pañuelo con el que estaba amordazada. Después de tres días ya estaba rígida, pero su contacto me gustaba, a pesar de la frialdad de su carne.

Era la hora del adiós. Acaricié su pelo y la besé suavemente en los pezones. Corté un mechón de su pubis y lo guardé en mi billetera.

La llevé en brazos al sótano. La puse sobre el saco y la envolví en él. Tuve que hacer un esfuerzo para doblarle las piernas y los brazos, pero lo conseguí. Até el paquete con la soga y la deposité en el agujero en posición sentada, como una momia inca. Rellené la fosa con los cascotes y preparé la mezcla para sellar la tumba.

En ese remoto lugar llamado Guantánamo nadie sabrá nunca dónde reposa el cuerpo de mi primera víctima en La Habana.

Me di un baño, salí sin plan fijo y terminé frente a un whisky en el *lobby* del hotel Meliá Cohíba.

Llevaba un rato sentado allí cuando un negro joven me abordó con el singular desenfado de los buscavidas habaneros.

—*Ar yu lukin for compani?* —me espetó sin ceremonias. Pensé mandarlo a paseo, pero su sonrisa cálida me desarmó. Seguramente era un macarra, mas su aspecto no resultaba desagradable.

—Ahórrate el inglés, que soy español —le dije en tono festivo, y se agarró a eso para sentarse antes de que lo invitara.

—¿Un whisky?

—Prefiero cerveza —dijo tranquilamente. La pedí al mozo y nos quedamos mirándonos por sobre el impecable mantel de la mesa. Me fijé en que su cara de Adonis de barrio bajo la afeaba una cicatriz de navaja en la mejilla.

—Bueno, dime de qué va el rollo, que no te has acercado por gusto. ¿Qué ofreces?

—Mujeres —dijo con pacífico desparpajo—. Blancas, negras, mulatas, pelirrojas, rubias y trigueñas, con pelo largo, pelo corto y hasta calvas.

Asentí lentamente. Aquella gente había aprendido el oficio en tiempo récord, considerando que oficialmente la prostitución en Cuba pasó varias décadas totalmente extinguida.

—Es todo un harén lo que tienes —le dije con sorna—. ¿No traes por casualidad un catálogo con fotos?

En eso trajeron su cerveza, se bebió una copa sin respirar y sonrió.

—Tengo el catálogo en la cabeza —afirmó.

—Vale. De momento no necesito ninguna, quizá dentro de un tiempo… —dejé la frase a medias.

Sacó una tarjeta de su chaqueta y me la dio.

LAZARO PÉREZ ZALDÍVAR
FOTÓGRAFO
TEL. 99 48 59

Probablemente el gachó no había visto una cámara en su vida, pero eso no tenía importancia.

—Gracias —le dije, sin darle mi nombre.

Terminó su cerveza, se despidió y fue a continuar su labor de misionero sexual entre el resto del personal.

Me guardé la tarjeta, por si acaso.


Dos meses más tarde, una tarde de lunes, Fernando llamó de improviso.

—¡Hola, tío! ¿Qué tal te va? —berreó con su eterna alegría—. Pronto va a hacer un año que te sacrificas uncido al carro de la conservera.

Acababa de interrumpirme mientras revisaba un montón de documentos y no me sentía con ánimo para su charla. Le dije que estaba bien.

—Me alegro. El fin de semana estaré allá. Voy a quedarme cinco días para ver cómo van las cosas.

—Como gustes —repuse—. Aquí todo está en orden. Ya lo verás tú mismo.

—Bueno, entonces organiza una cena, o una fiesta, lo que se te ocurra, pero con mujeres, que ahí sobran.

—Vale, de acuerdo. Te recibiré con un banquete como los de Sardanápalo.

Por supuesto, no captó mi ironía.

Colgué y llamé a Aurora.

—El jefe viene dentro de unos días —le expliqué—. Quiero que todo esté en orden.

—Descuide, señor Higuera, no lo haré quedar mal. —Aurora sonrió y se estiró la falda. Ese gesto en ella equivalía al de un soldado al empuñar su fusil antes de lanzarse a la carga.

Cuando Aurora salió recordé al tío de la cicatriz y busqué su tarjeta en el fondo de la gaveta. Lo llamé y le pedí que me consiguiera compañía femenina para una cena de hombres de negocios.

—Búsqueme chicas que tengan algún seso.

—Le voy a conseguir cosa buena —me dijo cuando nos vimos en un bar para ultimar detalles.


Sales a la calle con la persistente impresión de ser otra persona la que ha bajado por la escalera y ahora hace equilibrios sobre los delgados tacones en la estrecha acera. Esquivas un contenedor de basura para escapar del vaho de materias en descomposición y el enjambre de moscas, y continúas por el centro de la calle, sorteando los baches que la convierten en un paisaje lunar.

La esquina del bar Monserrate está concurrida, como siempre. Buscavidas y jineteritas de baja estofa revolotean por allí como moscardones intentando un ligue, o al menos una invitación a una cerveza que propicie el acceso a trabar conversación con algún turista.

Te apresuras a cruzar la calle y atraviesas luego el Parque Central para ir a detenerte en la esquina contraria al hotel Plaza, bajo la mirada de dos policías. Sabes que no te molestarán, porque estás vestida con la sobriedad que requiere una invitación a cenar. Ni siquiera les pasará por la mente que también ejerces el oficio de las guaricandillas enfundadas en tejido de licra que merodean a esa hora por toda el área exhibiendo las nalgas.

«La diferencia es que yo lo hago con más elegancia», piensas ácidamente y comienzas a impacientarte.

No te gusta pararte en las esquinas, y el Nene no acaba de aparecer. Esa noche no te gustas ni a ti misma.

Estás mirando por enésima vez el reloj cuando alguien te toca en el hombro. Giras en redondo dispuesta a enfrentarte a algún comemierda en plan de conquista, pero es el Nene, tan pulcro y perfumado como siempre, con su sonrisa desfigurada por el navajazo de la cárcel.

—Te estoy esperando hace rato —le dices con cara de enojo.

—Me compliqué —se excusa, y saca un pañuelo para secarse la cara con afectación, a pesar de que no está sudado.

—Bueno, dime. ¿Cuál es el misterio?

—Es un tipo que conocí. Un español que tiene cara de estar podrido en billetes. Le di mi tarjeta hace tiempo, ya ni me acordaba de él, pero antier me llamó y me dijo que le consiguiera jevas para salir a comer con unos amigos.

—Pero tú sabes que yo no me echo a cualquiera y, además, no trabajo para ti —le dices, y por un momento casi te decides a regresar por donde viniste.

—Aguanta, aguanta. Es para acompañarlos en una comida de negocios. No te acuestes con él si no quieres. Y a mí no tienes que darme nada. El tipo ya me tocó.

—O sea, me estás haciendo un favor —casi te ríes, pero la expresión del Nene te contiene.

—Mira, el gallego ese me simpatiza. No me dijo nada, pero con toda seguridad tiene una firma aquí, así que me interesa tenerlo de socio, ¿comprendes? Nada más acompáñalo y pórtate agradable, que tú tienes para eso.

El Nene parece estar diciendo la verdad. Y una invitación a comer no viene mal.

—Bueno, voy a ir. ¿Es en El Aljibe, me dijiste?

—Ahí mismo. El gallego se llama Juan Luis Higuera, es medio calvo, con barba y espejuelos de arito. Debe de tener como cuarenta años. Va a hablar con el tipo de la puerta. Cuando llegues pregunta por él y ya.

—Entonces me voy —le dices—. ¡Ah!, ¿y qué hay con mi permuta? Hace rato que le di el dinero a Angelito y nada.

—Pregúntale a él. Yo no soy el corredor, solamente soy su marido. Anda, dale echando que se te hace tarde, y si te va bien con el gallego siempre acuérdate, yo fui quien te alumbré.

Por un desagradable momento piensas en el dinero que le diste a Angelito para sobornar a un abogado encargado de arreglar tu permuta, pero en eso pasa un taxi, lo detienes y subes a él.

Durante la necesaria inmovilidad del viaje hasta Miramar no puedes evitar que tu mente divague un poco, y vuelves a enfrentarte con la creciente marea de insatisfacción que te asedia en los últimos tiempos. Tienes que admitirlo, ese estado se relaciona con Andux;

con la relación a la que te has dejado llevar, en un principio por condescendencia con su soledad, de donde ha nacido una afinidad sedimentada poco a poco durante largas tertulias con café y mutuas confidencias.

De alguna forma ese hombre atrabiliario ha entrado en tu vida con su virilidad mutilada y el ansia de vivir que no puede esconder, porque de continuo lo traicionan sus ojos cuando te mira, las inflexiones de su voz cuando te habla y hasta la manera de fumar cuando está contigo.

El detonador de todo eso eres tú, lo sabes, y te sientes un poco culpable: él se ha enamorado, pero no puedes corresponderle. Estás demasiado dentro del campo minado que es la vida que llevas, y no hay vuelta atrás. Aun así no puedes evitar sentirte como una prenda vacía en una vidriera cuando sales en ocasiones como ésta y todo el tiempo tienes la certeza de que él estará en su covacha debatiéndose en sus celos como quien es arrastrado por los rápidos de un río; martirizándose por tu causa, a pesar de saber muy bien que no puede reclamarte nada.

Con un esfuerzo cambias de pensamientos y te concentras en la cena a la que estás invitada. Te pones a fantasear e imaginas que el gallego con todo y ser calvo y mayor será un hombre muy simpático, que se enamorará de ti y se casarán e irán a vivir en España y así conocerás el primer mundo, saldrás para siempre del solar, de las calles rotas y los camellos.

En ese punto de tu delirio recuperas la noción de la realidad y vuelves a estar en el interior refrigerado del taxi, te burlas de esas absurdas locuras y sigues descontenta contigo misma y con el resto del mundo. En eso llegas a tu destino.

El taxi se aleja y te acercas al portero. Es joven y con todo el aspecto de un ex universitario acampado en ese trabajo en busca de las propinas.

—Estoy citada aquí con un señor de apellido Higuera. ¿Ya llegó?

El joven asiente y le hace señas a un camarero.

—Luis, lleva a la señora a la mesa diez.

—Por aquí —te dice el camarero, y te guía hacia una mesa de

seis personas donde tres hombres y dos mujeres jóvenes beben cerveza y charlan.

La vi dirigirse al portero y supe enseguida que era la mujer que Lázaro me había recomendado. Una real hembra. Me puse de pie y me adelanté dos pasos para recibirla.

—¿El señor Higuera? —su voz tenía un timbre sensual, y era el perfecto complemento de su persona—. Soy Nilda Almeida.

—Encantado —la besé dos veces, y aspiré su perfume, una fragancia entre floral y afrutada, que le iba de maravilla.

»El señor Fernando Planas, el señor Félix Martínez —hice las presentaciones.

Dedicaste una sonrisa cortés a cada uno. Los dos hombres eran también españoles; cuarentones bien conservados, rubicundos y afables; y las dos mujeres, Betty y Elsa, jineteritas de medio pelo enfundadas en vestidos demasiado estrechos que aspiraban a subir de categoría. Tipas con las que no te gustaba mezclarte.

«Le voy a decir cuatro cosas al Nene cuando lo vea.»

Ocupaste una silla vacía junto a Higuera y al momento se materializó otro camarero.

—¿Cerveza?

Paseaste la vista como al descuido por la mesa y pediste un martini seco para mantener las distancias. La Betty te largó una mirada como si fueras un bicho raro y le devolviste una sonrisa encantadora como una navaja.

No estaba demasiado cerca, pero todo el tiempo me parecía percibir su olor. Era una ilusión, una trampa de los sentidos, pero no por ello dejaba de perturbarme. Lo curioso es que no me inspiraba deseo, sino otra sensación más suave. En los últimos tiempos había despachado a ocho chiquillas deliciosas y esa noche me sentía en paz con la fiera oscura que habitaba dentro de mí disfrazada con la cara de la tía Encarna.

Trajeron la cena: arroz, frijoles negros, carne de cerdo asada, plátanos fritos y aguacate, el no va más de la cocina cubana, que me chiflaba.

Comimos en silencio. Más tarde, con los postres, volvimos a en hebrar la conversación, que se fragmentó parcialmente, porque la llamada Betty se las arregló para monopolizar a Fernando; la Elsa se dedicó a Félix.

—Usted no parece un empresario —me dijo Nilda de pronto, dejándome sorprendido.

—¿De veras? ¿Y qué parezco?

—No estoy segura —le dices mientras jugueteas con la copita de Cointreau que has pedido después del café—. Un hombre de profesión liberal; abogado, tal vez economista.

Te mira a través de sus gafas redondas y durante un momento el reflejo de la luz en sus cristales te produce la impresión de que no tiene ojos, sólo dos discos vítreos sin vida. De pronto algo te dice que este hombre no es el clásico gallego que busca placeres tarifados. Quieres agradarle, pero al mismo tiempo sientes que debes ir con mucho tacto, como si detrás de los cristales te acechara un peligro.

—Acertaste a la primera —le dije con una sonrisa—. Soy abogado y notario, ahora representante de la firma de Fernando en La Habana. Llevo un año aquí.

Lo miras derramándole coquetería mientras apartas un mechón de tus ojos con un gesto un poco cinematográfico y te llevas la copa a los labios para tomar un sorbo como si besaras el borde. Para tu gusto no está tan mal, un poco sombrío, pero interesante. Su manera de gesticular mesuradamente cuando habla sugiere una fuerza en reposo, un resorte comprimido a punto de saltar, lo que contrasta con su cara de intelectual tímido.

La cena ha llegado a su fin y Fernando sugiere ir a algún sitio a tomar una copa.

—A la discoteca del Comodoro —dicen a coro Elsa y Betty.

Higuera te interroga con los ojos y asientes.

—Yo no sé bailar, pero igual podemos ir —le dije—. Todavía es temprano para que una mujer bonita se vaya a dormir.

Sales de su brazo y se reparten en los dos carros en que ellos han venido.

• • •

Al salir del restaurante ya estaba perdido con ella. Sin embargo, no la deseaba. La zona de mi cerebro que rige los sentimientos de posesión no la registraba como un objetivo. Era distinta a todas las mujeres que había matado, y me gustaba su compañía. Todo eso me tenía un tanto confuso, y temí que interpretara mal la leve reserva con que la trataba, pero no se dio por enterada.

En la discoteca se sentó a mi lado, pero no hizo ningún intento de que la sacara a bailar. Fernando y Félix salieron a la pista con sus parejas. La música latina no se les daba bien. Contemplé sus torpes esfuerzos por seguir el ritmo mientras las dos muchachas derrochaban gracia y tuve que ahogar una risa.

—¿Se burla de sus amigos?

—En realidad sólo Fernando es mi amigo —repliqué—. Como te dije, es el presidente de la compañía que represento. Félix es un amiguete suyo. También tiene negocios en Cuba.

—Ya. Entonces esta salida es parte del trabajo —le dices burlona—. Entretener al jefe que ha venido a inspeccionar cómo va la empresa.

—Tú lo has dicho. Un verdadero fastidio. Aunque Fernando no es mala persona, a veces resulta un poco cargante.

—Es extraño que usted me hable esas cosas. Si fuera otro ya me estaría proponiendo la cama.

Lo dijo muy seria, pero su mirada contenía una invitación inequívoca que decidí ignorar. Estaba jugando con su encanto, lo lanzaba a mi cara como un pañuelo de seda.

—¿Te sorprendería si te digo algo?

«¿Se me va a declarar?» Ahora su tono travieso rozaba la burla.

—Me gustas muchísimo, pero lo mejor es que no tengamos nada de índole sexual —procuré hablar con indiferencia, pero no pude impedir cierta intensidad en el tono que ella no dejó de captar.

—¿Es usted un hombre peligroso?

Se me encendió una alarma en el fondo del cráneo. Durante dos segundos su suerte estuvo en una balanza de vida o muerte, pero comprendí que era una pregunta de simple coquetería. No era una policía disfrazada ni venía a por mí. La corriente de neurosis se fue tal como había venido.

—Muy peligroso. Soy casado —mentí en tono ligero.

—Todos lo son —le contestaste mientras intentabas comprender por qué se había puesto nervioso de pronto, aunque enseguida consiguió dominarse.

Seguimos conversando, ahora más relajados, mientras los otros hacían contorsiones bajo las luces estroboscópicas.

Estaba claro que la chica tenía clase. A pesar de que quería ligarme, no recurrió a ninguna medida extrema como echárseme encima o hacer una proposición verbal directa. Se mantenía muy tranquila, con el torso erguido y el nacimiento de sus pechos semejando la entrada a un valle cálido mas allá del escote de su blusa. Emitía ondas de seducción tan perceptibles como la radiación de un reactor nuclear estropeado. Pero yo no quería sucumbir; no quería matarla. Me producía una lucidez de la que yo mismo era el primer sorprendido, y de repente supe la razón de aquella extraña atracción: me recordaba a la asturiana y, de alguna manera, a la asturiana yo la consideraba mi primer amor.

A las cuatro de la madrugada Fernando y Félix estaban agotados. Era evidente que se llevarían a sus parejas al hotel. A pesar de todos los esfuerzos para impedirlo, constantemente entraban muchachas con huéspedes en todos los hoteles. Decidí marcharme; se lo dije a Nilda y estuvo de acuerdo.

—Hacemos como si fuésemos a pasar la noche juntos y yo te dejo donde me digas.

—De acuerdo —le agradeciste en silencio que no te dejara en mal lugar frente a las otras.

Salimos a la noche, que estaba cálida y llena de estrellas, dos detalles que en otro momento me habrían pasado inadvertidos.

—¿Dónde te dejo? —te preguntó.

—En el Parque Central está bien.

Hicimos todo el trayecto en silencio, pero con una corriente de empatía fluyendo entre los dos. Recordé las tumbas del sótano y me alegré de que ella no corriera el riesgo de terminar en la próxima.

—Quiero regalarte algo, —le dije antes de que se bajara del coche.

—No hace falta, he pasado una noche muy agradable. —Su sonrisa era totalmente sincera.

—Igual te lo quiero dar —insistí, y le puse en las manos una agenda de propaganda de la empresa en la que previamente había deslizado un billete de cien. Tómala.

—Bueno, muchas gracias —me dijiste—. Chao.

La miré alejarse. Nunca sabría que esa noche había tenido el privilegio de ser la primera, y única, que había dejado escapar. Vi mi propia sonrisa en el espejo y me estremecí.

Siempre que regresas de una incursión nocturna con el cuerpo cansado y la depresión comenzando su tarea devastadora, lo peor es subir la tétrica escalera del solar. Un túnel ascendente mal iluminado por un bombillo lleno de cagadas de moscas, con el techo decorado por amasijos de cable eléctrico destinados por el abandono a ser soporte de telarañas y depósito de polvo. Pero esta noche estás alegre, te sientes limpia y casi feliz. Estás deseando ver a Andux como si fueras una esposa que regresa tarde a casa. La ocurrencia te hace reír, pero un tropezón en el escalón roto te devuelve a la realidad, te apoyas en la pared cubierta de *graffitis* y así, tanteando en la penumbra y haciendo equilibrio, llegas a tu piso y te da un alegrón ver la línea de luz bajo su puerta.

Dos toques suaves y la puerta se abre.

Los pinos de la playa proyectaban su sombra, ajenos a que un buen día desaparecerían barridos por una absurda disposición administrativa, algún plan de remodelación, reforestación o cosa parecida, y en su lugar quedaría una gran extensión de arena calcinada esperando la siembra de unos cocoteros que nunca habrían de llegar.

Era el último día de las vacaciones y el gordo y yo hacíamos lo de siempre, pasarlo tendidos como lagartos en el límite del agua, donde el burbujeo de las olas nos cosquilleaba los huevos.

Pretendíamos olvidarnos de que a partir del día siguiente comenzarían las clases con toda su carga de aburrimiento y los eternos sermones de nuestras respectivas madres exigiéndonos que dedicáramos más tiempo a estudiar y nos dejáramos de tanta bobería y tanto fiesteo que nos íbamos a quedar burros. «Y después no sé qué vas a hacer, porque tu padre y yo no te podemos mantener toda la vida.» La pobre, si supiera que de nada sirvió tanto estudio: nos atiborramos la cabeza de conocimientos y conceptos éticos que ahora huelen a rancio y no dan de comer.

Dos muchachas se nos acercaron con un cigarro. El gordo no fumaba cuando aquello, pero yo sí. Les ofrecí candela y de paso las miré bien. Estaban buenísimas.

Encendieron su cigarro, se sentaron junto a nosotros y se pusieron a conversar. Largo rato después nos percatamos trabajosamente de que aquellas dos ninfas estaban buscando un ligue y nosotros éramos los afortunados candidatos. De inmediato nos pusimos nerviosos.

Pasamos el día tan confusos e incoherentes que no atinamos a hacer nada de lo que se suponía que debíamos hacer para perder nuestra inocencia de una vez por todas, y las dos pepillas, que seguro ya tenían experiencia previa, no nos facilitaron las cosas. Cuando llegó la hora de irnos las acompañamos a coger la Estrella de Guanabo. Ellas estaban muy divertidas, y nosotros en una especie de estupor que se desvaneció de golpe cuando nos despedimos en la esquina del palacio de Bellas Artes. Lo único sensato que se me ocurrió fue pedirle su teléfono a la que me gustaba. Me lo anotó en un papelito que se me antojó una carta de amor.

Pasé tres días de éxtasis, deseando llamarla, pero sin atreverme a hacerlo. El gordo no había tenido la misma suerte y me dijo que me la iban a levantar como no me decidiera. Al fin me llené de valor y metí el dedo en el disco.

Contestó ella. Le dije que era el muchacho de la playa y durante un corto silencio temí que no se acordara de mí o que se burlara, pero me contestó que sí, qué bueno que me llamaste y me pidió que fuera a su casa enseguida.

Memoricé la dirección y salí disparado. Media hora después estaba tocando a la puerta de un apartamento interior en la calle Neptuno, en un edificio con el vestíbulo oloroso a perros y a sopa.

Normita. Una trigueña con los ojos color miel y un aparatico para los dientes que en mi opinión no alteraba en nada su belleza celestial.

Estaba a punto de entrar en la casa y volver a vivir la emoción irrepetible de aquel primer encuentro sexual adolescente cuando sonaron en la puerta los dos toques inconfundibles de Nilda y todos mis ensueños se fueron a bolina. Allí, en plena madrugada, estaba la mujer de carne y hueso que me volvía loco.

—Hola. ¿Tienes un poco de café para una mujer cansada?

La hice pasar y el cuarto se llenó de su perfume.

—Salí con unos tipos, comimos en el Aljibe, fuimos a la discoteca y aquí estoy —farfulló mientras se sentaba y se quitaba los zapatos.

Adiviné que estaba informándome de que no hubo sexo, pero no dije nada.

—¿Y tú, cómo andas?

—Jodida —me contestó con una mueca—. ¿Te acuerdas lo que te conté de mi permuta?

—Sí.

—Bueno, pues creo que me están dando una línea. Le di el dinero a un corredor para que tocara al abogado y hasta el sol de hoy.

—¿Y por qué no vas a ver al tipo?

—Ya fui y me hizo un cuento chino. Mañana vuelvo a verlo y le meto un escándalo. O me resuelve o me devuelve el dinero.

Puse la cafetera a la candela y me senté a su lado.

—¿Quieres que te acompañe a eso?

—No, no hace falta. Es un tipo inofensivo, no creo que se ponga pesado.


Pasé muy ensimismado el resto de los días que Fernando estuvo aquí. Ni siquiera le presté atención a las felicitaciones que me dio delante de mis dos subordinados ni al hecho de que me aumentó el sueldo, que ya era altísimo.

Tenía a la muchacha del Aljibe metida en mi cabeza y no podía sacármela. La noche en que la dejé ir regresé a casa muy agitado, bajé al sótano y estuve a punto de desenterrar a la última de mis víctimas para revolcarme con ella, pero la tumba estaba sellada con cemento y el estrépito del pico despertaría a todo el vecindario. Tuve que contentarme yo mismo, de pie sobre la tumba, imaginando que tenía en brazos a la que yacía debajo del piso.

Después del regreso de Fernando a España me tomé unos días de asueto y vagué por la Habana Vieja. Es un lugar que me fascina, con su mezcolanza de estilos y casas casi en ruinas coexistiendo con palacios recién restaurados que casi invariablemente están destinados a menesteres relacionados con el turismo.

Todo eso se quedaba en la epidermis de mi percepción, porque lo que ocupaba mi mente era la inmensa interrogante. ¿Por qué no había sentido el deseo de matar a aquella chica, si tanto me gustaba? Deseaba encontrarla por casualidad en aquel barrio donde yo sabía que vivía, y al mismo tiempo no quería, tenía miedo de volverla a ver y no poderme contener.

Escribo esto para intentar exorcizar el demonio que llevo dentro. He pasado un día entero pensando para garrapatear lo anterior.

Una noche salí sin rumbo fijo y circulé por todo el Malecón. En la esquina de Prado recogí a una adolescente que pedía un aventón. Iba para Cojímar, y en cuanto me lo dijo supe que su suerte estaba echada, la carretera que va a ese pueblo costero de noche es una boca de lobo.

Cuando accedí a llevarla entró al coche y me sonrió con coquetería. Arranqué y entré al túnel de la bahía. La muchacha iba sentada muy derecha, con un brazo apoyado en el borde de la ventanilla. La observé con el rabillo del ojo. Andaría por los veinte años, y su vestido rojo vino descubría extensas zonas de su piel cobriza. No era precisamente bonita, pero sus ojos almendrados hermoseaban su cara de líneas angulosas, aindiadas.

—¿Eres de Cojímar? —le pregunté cuando entramos en el túnel.

—Sí —contestó—. Estudio en la universidad, pero hoy terminé más tarde porque estaba en una reunión. A mí no me gusta pedir botella, pero usted sabe cómo se pone el Camello.

—Claro —asentí, mientras buscaba en mi mente un pretexto para demorar un poco el viaje.

»Yo mismo vengo cansadísimo, he pasado todo el día en una reunión de accionistas —improvisé mientras nos acercábamos al Hospital Naval—. Ni siquiera he comido. ¿Te molestaría si me detengo a tomar algo?

—No, de ninguna manera —se apresuró a contestarme—. Usted

me está haciendo tremendo favor. Yo llevaba una hora parada allí tratando de coger algo que me llevara a mi casa. No tenga pena.

La miré de frente por primera vez, y por supuesto con mi expresión más bonachona.

—Ahí delante hay una cafetería, la invito.

Un destello de suspicacia brilló durante una décima de segundo en sus ojazos, pero de seguro pensó que un señor tan formal, con gafitas y cara de memo no podía ser peligroso; además, seguramente estaba hambrienta después de un día de clases y una reunión.

—No se moleste —dijo sin mucha convicción.

—Que no es molestia —insistí—. Te invito porque puedo, y porque quiero. Además, no te voy a dejar sentada en el coche mientras yo como algo.

Aceptó. Pasé frente al hospital, entré al Reparto Camilo Cienfuegos y me detuve frente a la cafetería Rumbos, que se encuentra en la avenida principal.

Estaba casi vacía y, por suerte, con la inevitable música de salsa a un nivel soportable.

—Bueno, ya que vamos a cenar juntos lo mejor es que nos presentemos. Soy Gonzalo Villafañe.

Me contestó que se llamaba Lidia y que estudiaba psicología. Como mucha gente joven, no tenía mucho tema de conversación, así que me vi obligado a ir pergeñando una especie de monólogo sobre generalidades mientras esperábamos las dos raciones de pollo deshuesado que el somnoliento camarero nos había recomendado.

El olor a canela de su piel me tenía más que cachondo. Tenía que esforzarme para no dejar que mi vista resbalara por sus redondeces, para no clavar los ojos en su escote hinchado. Bajar los párpados de tanto en tanto y fingir que jugueteaba con la servilleta de papel para que no pudiera leer la lujuria en mis pupilas.

Trajeron el pedido después de la espera interminable propia de los establecimientos gastronómicos del país y cenamos en un santiamén, sin ceremonias; porque la única verdad que yo le había dicho era que tenía hambre, y ella estaba famélica.

Para finalizar tomamos helado y regresamos al coche. La ayudé a entrar y de paso rocé su brazo con los dedos un poco más de lo necesario. Nos miramos a los ojos y los suyos me hicieron saber que se sentía a gusto. No era una putica, pero sí bastante coqueta.

Me dirigí despacio a la salida, hacia Cojímar, pero justo antes de entrar a la carretera me desvié de golpe a un terraplén que hay a la derecha. Un lugar solitario y oscuro. Avancé unos cuantos metros, detuve el coche y apagué las luces. Lo único que alteraba el silencio entre nosotros dos era el zumbido del aire acondicionado.

Ella era una sombra inmóvil aureolada por un reflejo de luz lunar. La abracé. Opuso una resistencia puramente formal; algunos murmullos ininteligibles y empujoncitos destinados a demostrarme que no era una hembra fácil, pero los ignoré, y ella no impidió que me apoderara de su boca y violara la clausura de sus dientes con mi lengua de sátiro. Al principio no me devolvió el beso, pero tampoco lo rechazó. Deslicé un dedo por el desfiladero entre sus tetas pequeñas y llenas y seguí por el borde de su vestido hasta llegar a los tirantes. Con un suspiro ella misma los hizo caer hasta los codos y se descubrió el pecho. Me incliné y chupé sus pezones arrancándole pequeños gritos.

Unas nubes cubrieron la luna sumiéndonos en una oscuridad de tinta. Forcejeamos hasta que una película de sudor cubrió su piel y el aire se llenó de su olor.

Con movimientos torpes dejé mi asiento para ponerme sobre ella y entonces vi los ojos de mi tía brillando en la oscuridad del asiento trasero.

Sepulté mi cara en el pelo de Lidia. Me agazapé sobre ella apoyado en mis manos y rodillas, que había colocado a los lados de su cuerpo. Accioné el mecanismo y recliné el asiento en que estábamos. Ella se percató de que la cosa iba para mayores, o simplemente se arrepintió de su propia osadía, e intentó zafarse.

Le pegué una bofetada y rugí dos o tres frases con una voz que ya no era la mía. Ella rompió a llorar y aproveché su momentánea debilidad para subirle el vestido hasta la cintura con tres tirones hábiles. Le pegué un puñetazo en las costillas para asegurarme que no se resistiría y eso la dejó tranquila, intentando recuperar el aliento mientras yo consumaba mi rito.

En el asiento trasero, tía Encarna era una sombra negra con dos carbones encendidos fijos en mí.

Desgarré el pantaloncito de Lidia y lo olí, llenándome del aroma de su coño sin lavar desde la mañana. Me escupí en los dedos y deslicé la mano entre sus muslos hasta llegar a su raja, que masajeé con fuerza. Ya se había recuperado del dolor y comenzó a gemir. Temí que gritara y le embutí los restos de su pantaloncito en la boca.

Su sexo estaba caliente y resvaladizo como una almeja. Metí y saqué los dedos dentro de la cavidad, y de tanto en tanto en su culo, que también estaba empapado.

El ritmo de su respiración me indicó que estaba gozando, a pesar de la violencia y los golpes. Así son todas, unas putas.

Escupió el bulto de tela. «¿Por qué?», articuló en un tono de dolorida resignación. Mi respuesta fue tirar del cierre de mis pantalones y sacar mi polla fuera. Me moví por encima de ella, le puse el glande en el medio de la frente e imaginé que eyaculaba una bala de semen sólido que le atravesaba el cerebro. Luego la moví hasta sus labios, presioné con los pulgares sobre la articulación de sus mandíbulas, le hice abrir la boca y se la metí hasta la garganta. Tuvo una tremenda basca, pero se la mantuve dentro.

Empezó a revolcarse y vomitar, así que tuve al fin que sacársela de la boca. La sujeté por los hombros y le pegué fuerte de nuevo hasta que se tranquilizó.

Volví a meterle los dedos en el coño, que ya para entonces estaba como si se lo hubieran aceitado.

—No, por favor —gimió con la boca rota.

Le pegué otro puñetazo en los dientes y se la metí de un golpe, con rabia, para hacerle el daño que no me había atrevido a hacerle a Nilda. Dio un respingo y pegó un salto.

Mi peso dominaba su cuerpo. Dejó de resistirse y me moví dentro de ella con deliberada lentitud, disfrutando cada recodo de su vagina joven, el inefable contacto de sus mucosas.

Se había resignado a mi asalto y me dejaba hacer. De nuevo sus sensaciones la traicionaban; sobrepasando el miedo y el dolor, sus entrecortados jadeos denunciaban lo que sentía. Mordí con fuerza sus teticas para hacerla gritar.

—Vuélvete de espaldas —le ordené.

—No me haga eso, por Dios —volvió a rogarme.

La obligué a ponerse a cuatro patas. Pasé la lengua por sus nalgas pálidas y escupí entre ellas. Me enderecé y violenté su ano con un brusco envión de caderas. Gritó, pero la hice callar.

Ya no pude resistir más la orden de los ojos relucientes en el asiento de atrás.

La aferré por el cuello y apreté mientras me corría como un salvaje bien adentro de ella.

Salí del frenesí y recuperé el instinto de conservación. Miré hacia fuera y sólo vi oscuridad. Hurgué en su bolso y sólo encontré lo usual: un monedero con un poco de dinero, su carnet de identidad y una barrita de lápiz labial. Algunos libros y cuadernos de apuntes.

Guardé todo en la guantera para deshacerme de aquellas evidencias más tarde y medité sobre qué hacer con el cuerpo.

Podía enterrarla en el sótano, como a las demás, pero no era prudente atravesar la ciudad con un cadáver dentro del coche. En mis paseos de exploración había pasado varias veces por aquella carretera, conocía un enorme agujero, parecido a una caverna que se abre al costado derecho de la carretera, cerca de una caseta abandonada.

Arranqué el coche muy despacio para encontrar el lugar a la luz de la luna. Por todo aquello no se veía un alma, ni siquiera un ciclista solitario regresando a su casa. A mi izquierda, más allá de un campo de tiro militar, el mar se extendía como una llanura negra, a la derecha, detrás de unos extensos baldíos, la silueta del Estadio Panamericano semejaba un castillo medieval de cuento de hadas.

Encontré el lugar sin dificultad. Di la vuelta al coche y comencé a sacar el cuerpo desmadejado cuando distinguí las luces de un vehículo que se acercaba como una exhalación desde Cojímar.

Me quedé sin saber qué hacer, con Lidia en brazos. El coche se acercaba por momentos.

La enderecé con un esfuerzo, la abracé y la besé en los labios cuando la luz de los faros me dio de lleno.

—¡Suéltala, desgraciao! —vociferó el chófer cuando pasó por nuestro lado.

Tuve un tremendo sobresalto, pero enseguida comprendí que era una broma. Más de un año en La Habana me había acostumbrado al peculiar sentido del humor local. Mi treta había resultado.

Lidia se agitó y soltó un suspiro.

¡Estaba viva! Aquel descubrimiento sí que me asustó.

La puse en el suelo junto al coche. Busqué en la guantera y saqué mi navaja. Se la hundí en la pequeña depresión en la base del cuello, como si me dispusiera a practicarle una traqueotomía, luego corté hacia la derecha y casi la decapité.

Empujé el cadáver hacia el borde del agujero, por debajo de una cerca de alambre. Se deslizó en la oscuridad y cayó en el fondo con un sonido sordo.

Subí al coche y seguí hasta Cojímar, atravesé el pueblo hasta la vía Monumental y regresé a La Habana. Pensé en parar en algún sitio a tomar una copa, pero decidí tomarla en casa, rememorando la aventura. Seguí directo hasta Miramar.

Matar a Lidia me liberó de las tensiones.

Al día siguiente le di a Aurora el nombre de Nilda y le ordené que me pasara su llamada a cualquier hora, estuviera yo haciendo lo que fuere. Tenía que encontrarla, y no sabía muy bien para qué.

# 5

Al inclinarme sobre la caja tuve la sensación de estar asomándome a un acuario; aquel rostro de rasgos afilados y pálidos no tenía relación alguna con la mujer que desde un año atrás me había devuelto en parte a la vida. No quería admitirlo, pero allí estaba el omnipresente olor a flores de muerto, las feas paredes de mármol gris y las pesadas mecedoras donde se balanceaban personas desconocidas que recibieron mis murmullos, nunca he aprendido a dar pésames, con expresiones de aflicción o un simple asentimiento en los ojos acuosos. Parientes más o menos cercanos que se enjugaban las lágrimas discretamente y cuchicheaban a intervalos mientras los ventiladores intentaban en vano mover el pesado aire lleno de conversaciones. Todo ello me confirmaba que ella estaba realmente muerta y me sentía aplastado.

Me moví con torpeza entre los que llegaban a expresar sus condolencias, arrastré las botas sobre el piso cubierto de aserrín, encontré una silla vacía en un lugar alejado, me senté y me quedé mirando hacia la lejana entrada de la funeraria, por la que veía un trozo de la calle Zanja, desierta a aquella hora.

Fumé un cigarro que me supo a estiércol.

La noticia me la había dado Abelardo, el pájaro viejo que vive al final del pasillo.

—¿Te enteraste?

Yo estaba con un humor de perros, el Asmático me debía un dinero y no acababa de pagarme. No estaba para sus chismes, estuve a punto de mandarlo al carajo y seguir mi camino, pero me contuve.

Abelardo es un maricón inofensivo que de vez en cuando me hace pequeños favores, como buscarme algunas cosas que vienen a la bodega, así que compuse una mueca de sonrisa y le dije que no sabía nada.

—A su vecina. La mataron.

Puse en el suelo el trozo de madera que traía en las manos y le pedí muy despacio que me explicara aquello.

—No se sabe —cuchicheó como si alguien nos espiara—, pero la cosa es que la mataron. Todo el barrio lo sabe.

Me quedé hecho mierda.

—Usted sabe cómo son esas cosas —continuó Abelardo—, estas muchachitas que andan con extranjeros no saben que se la están jugando. Ahí lo tiene…

De repente mi estupefacción se transformó en malhumor. «Ya este comemierda empezó a hablar de más.»

—Así es la vida —le dije para cortarlo, e hice ademán de entrar en mi cuarto—. Si averiguas en qué funeraria está avísame, para ir al velorio.

Me aseguró que sí y allí lo dejé antes que siguiera dándole a la sinhueso. He cultivado con mucho esmero la imagen de tipo serio en el edificio, así que no hablo mucho.

Me metí en mi cuarto y me senté. Estuve como dos horas sin hacer nada. No podía quitarme de la cabeza lo que Abelardo me había contado.

Más tarde supe que estaba en la funeraria de Zanja y que la policía había registrado su cuarto, pero no intenté averiguar muchos detalles. En el solar nadie sabía que ella y yo nos entendíamos y no quise mostrarme excesivamente curioso.

Saqué una media botella de White Horse regalo de un canadiense que me había comprado una escultura que jamás pasó por las manos del Asmático y me senté a fumar y beber. Toda la gente que conozco detesta el whisky porque sabe a madera, pero eso es lo que me gusta a mí.

El estupor había cedido y para entonces me sentía como si me hubiera atropellado un camión, pero después del tercer trago el mundo empezó a suavizarse. Incluso la barbaridad de que Nilda estuviera muerta se me hizo medianamente soportable. Abrí la ventana y con el vaso en la mano me paré a contemplar el panorama de azoteas desvencijadas y ruinosas, la familiar geografía del barrio que siempre me recordaba el título de aquella película polaca, *Paisaje después de la batalla*, con la diferencia de que aquí nunca hubo una batalla, sino un larguísimo período de incuria que ha dejado la ciudad tan devastada como lo haría un bombardeo.

En una azotea cercana una pareja de jovencitos se arrullaba junto a los tanques del agua. «Van a terminar por hacerlo ahí mismo», pensé mientras los veía apretujarse, y por un momento una pirueta de la memoria me trajo mi propia imagen con ella en la cama, como en tantas noches secretas.

Me di un trago enorme que me quemó la garganta y traté de ponerme duro, macho ahí, pero se me escapó un sollozo entre los dientes apretados, después otro, hasta que me descubrí llorando frente a los techos del barrio y pensé que estaba irremediablemente solo, que era la última carta de la baraja, y qué sé yo cuántas cosas más.

Terminé por tomarme todo lo que quedaba en la botella y me acosté a dormir.


«Con permiso», dice el tipo, y me aparto para dejarle paso y que se siente en la silla que está a mi lado. Se sienta y enciende un cigarro. Frente a nosotros una mujer llora en silencio.

Cuando me desperté ya era de noche, tenía un dolor de cabeza horrible y ni una sola aspirina. Salí con los ojos semicerrados y le pedí dos Duralginas a Abelardo. Hice café y las bajé con una taza. Luego me di un baño frío y empecé a sentirme humano de nuevo.

No comí nada, me dominaba la urgencia de ir a verla, de decirle adiós.

Me vestí y salí a la noche. Durante mi sueño había llovido y el aire estaba cargado de humedad y del olor de los contenedores de basura que se añejaban en las esquinas. La gente que transitaba apresurada tratando de esquivar los charcos de agua sucia se me antojó tan indiferente a lo que me estaba pasando como si de pronto hubiera descendido en un planeta poblado por otra especie muy parecida a la humana, pero fundamentalmente distinta.

Subí por Obrapía hasta Monserrate, me detuve en la esquina y comprobé que me quedaban sólo dos cigarros. Atisbé al interior del Castillo de Farnés y vi que estaba lleno de italianos, el cantinero parecía agobiado y el barullo era tremendo. Crucé la calle y empujé los batientes del bar Monserrate, que estaba casi vacío, únicamente una pareja de mediana edad bebía Heineken en un extremo. Saludé al cantinero, que es del barrio, un ginecólogo que decidió trabajar allí para estar cerca de los dólares.

—¿H Uppmann? —Le dije que sí y me puso un paquete sobre el mostrador.

»Dicen que mataron a una jinetera.

«Los chismes corren.»

Le dije que lo sabía y que la tipa vivía en mi edificio. Empleé esa palabra, tipa, y me odié por hacerlo. No quise seguir hablando.

—Nos vemos —me despedí.

Atravesé Monserrate y seguí hasta el Capitolio. Crucé oblicuamente por sus destrozados jardines y cogí por Zanja hacia la funeraria.

El hombre carraspeó, dijo algo sobre lo mala que estaba la noche y entonces me resultó evidente que buscaba conversación.

—¿Es pariente de la difunta?

La pregunta me resultó rara, aunque no supe por qué.

—No, era mi vecina.

—¡Ah!, entonces la conocía.

—Un poco —le respondí—, ¿y usted?

—Yo soy compañero de trabajo de un primo de ella. —Me alargó la mano y lo examiné con discreción.

Usaba una camisa de cuadros y un *jean* desteñido bajo el que asomaban unos botines negros relativamente nuevos, con cremallera al costado.

Botines de policía.

No me sorprendí mucho cuando le descubrí un bulto en la cintura oculto por el faldón de la camisa.

El tipo hablaba de lo duro que sería para los padres perder una hija tan joven. Asentí a todo sin abrir la boca mientras la curiosidad empezaba a roerme por dentro. Aquel policía estaba allí para husmear y ver qué sacaba. No eran habladurías de Abelardo. A Nilda la habían matado.

—Dicen que a la muchacha la estrangularon —me dijo el policía como si quisiera disipar mis dudas.

—Sí, eso fue lo que oí decir —afirmé con cara de despistado—. Parece que llevaba mala vida.

—Es del carajo —sentenció el policía—, aparecer tirada por ahí como un animal muerto. Eso es lo que trae andar con extranjeros.

El tipo estaba dándome palique a ver qué sacaba. De pronto, la conversación, la funeraria, todo se me antojó irreal, como si estuviera participando en una representación absurda, hablando de una desconocida, alguien de quien se saben cosas sólo de oídas, por trasmano. Me dio un acceso de exasperación.

Miré por encima del hombro del policía.

—Disculpe, me llaman ahí fuera.

Salí de la funeraria y me paré en la acera.

La habían asesinado.

Regresé al cuarto como a las cuatro de la mañana. No tenía nada de comer en el refrigerador y no quedaba nada de la botella. Me acosté vestido y me dormí como un muerto.

Eran las nueve cuando el sol en los ojos me despertó. En el piso de abajo tenían encendida una grabadora a todo meter con el insoportable sonsonete que machacaba una y otra vez sobre la imperiosa necesidad de estar arriba de la bola. Parecía increíble lo efímero que resultaba el duelo en los solares, a nadie le importaba que ni siquiera la hubiesen enterrado todavía, sólo a mí, que me sentía anonadado desde el mismo momento en que supe la noticia. Estaba viviendo en carne propia mi novela predilecta; el desgarramiento producido por la muerte de Nilda superaba cuanto había padecido hasta entonces. La muerte salvaje de mis compañeros de armas, mi propia violación y el abandono de mi mujer se habían desdibujado de repente. Toda mi capacidad de resistencia y sufrimiento volvía a ponerse a prueba. Mis neuronas transmitían de manera incesante un único pensamiento «Nilda está muerta», «Nilda está muerta». También yo he perdido a mi Avellaneda, como en aquella novela de Benedetti.

Deambulé por el cuarto, realizando los rituales higiénicos bajo la agresión de los decibelios mientras deseaba dolorosamente estar en otra parte, ser otra persona. Me sentía como un perro enfermo cuyo único consuelo podría ser encontrar un rincón donde acurrucarse a lamer sus heridas. Navegando entre mis cuitas logré hacer un café aceptable y me lo fui bebiendo entre un cigarro y otro.

Al filo del mediodía salí, cogí un carro de alquiler y me fui al cementerio. Esperé a la sombra de los árboles de la entrada hasta que apareció el cortejo cerca de la una de la tarde.

El sol quería derretir el asfalto y la caminata lenta hasta el sitio del enterramiento se me hizo insoportable. El carro se detuvo en la capilla y un cura de voz engolada que parecía recitar un libreto habló sobre salvación, descanso eterno y otros conceptos que me parecieron lejanas entelequias al compararlas con el hecho aplastante de que mi amiga yacía dentro de aquella caja malamente forrada de tela gris, y que ni siquiera un poder tan grande como el de aquel Dios del que hablaba el aburrido sacerdote me devolvería el tacto de su piel ni el sabor de su sexo. Era sólo una envoltura de carne yerta desprovista para siempre de la gracia y el misterio de mujer fatal que la habían adornado en vida.

Un sedimento de rabia y amargura se estaba formando dentro de mí y no tenía idea de adónde me llevaría ese estado. La furia me apretaba la garganta.

Cuando bajaron la caja a la fosa no quise mirar más. Di media vuelta y me alejé, salí del cementerio y cogí un taxi de regreso al barrio. Antes de llegar a la casa pasé por Harris Brothers y me abastecí de cigarros y whisky. Entré al cuarto y me senté a fumar y beber. Media botella más tarde aún no había conseguido emborracharme. El dolor y la estupefacción me mantenían en un estado de hiperlucidez que el alcohol no conseguía vencer.

Me acodé sobre la mesa y contemplé el panorama del cuarto lleno de humo y vahos etílicos de mi respiración. Alguien me había privado de aquella mujer distante, puta e inocente a la vez, el único asidero que me mantenía unido a la vida normal. Estaba solo de nuevo, un tornillo más en el mecanismo compuesto por miles de gentes que no saben exactamente para qué coño viven, porque les han recitado tantas veces los objetivos y las metas a las que se supone deben supeditarse que ya no saben qué hacer consigo mismos.

Había perdido mi patética felicidad de segunda mano.


El olor a podredumbre vegetal se me metía en la nariz, tenía el lado izquierdo de la cara metido en el fango y no podía moverme porque varios pares de manos me aplastaban contra la tierra. Algo doloroso y ardiente como una brasa se movía dentro de mí.

Me estaban violando por cuarta o quinta vez, y ya no sabía cómo pedirle a Dios que me acabaran de matar. Nunca creí mucho en Él, tal vez por eso ahora no me prestaba atención. Y el tormento no tenía para cuándo acabar. El tipo que me montaba jadeaba como un puerco y el olor a sudor rancio de su cuerpo me tenía asqueado. Los demás esperaban su turno y el gorila daba paseítos y disfrutaba el espectáculo. Otro hijoeputa se orinaba en mi espalda.

No pude soportar más y comencé a gritar. Me desperté y levanté la cara de la mesa. Estaba empapado en sudor y temblando. Encendí otro cigarro para empujar los restos de la pesadilla bien lejos. Me levanté y me acerqué a la ventana. La llanura de azoteas carcomidas ondulaba como la superficie de un charco y supe que estaba tan borracho como nunca antes.

«Tengo que llamar al gordo.»

Salí a la calle a buscar un teléfono. Estaba oscureciendo y la gente regresaba del trabajo con la cara de agotamiento que produce el transporte en esta bendita ciudad.

Frente al Capitolio encontré uno que funcionaba. Marqué el número mientras dos policías jóvenes miraban con desaprobación a aquel melenudo borracho que apenas veía los números del dial y se apoyaba en la pared para no caerse de culo.


Víctor Góngora se estiró hasta que los músculos de su espalda protestaron y salió lentamente al portal. El crepúsculo sobre la calle Paseo creaba una luminosidad anaranjada por encima de las copas de los árboles del paseo central.

Siempre que podía le gustaba sentarse en el portal a aquella hora y disfrutar el espectáculo, pero en ese momento le dolían los huesos y deseaba bañarse. Se frotó las manos llenas de cemento y volvió la espalda a la calle para contemplar por enésima vez lo que había sido su garaje.

En la pared del fondo abrió una puerta que comunicaba directamente con la cocina de la casa, al costado levantó un largo mostrador de madera pulida detrás del cual empotró una estantería de pared para colocar las bebidas. En la pared contraria un ventanal llenaba todo el espacio de luz.

«Ahora falta pintar las paredes, barnizar la carpintería, traer plantas y amueblarlo. Casi nada.»

Su mujer salió de la cocina y se le acercó. La enlazó por el talle, que ya no era tan esbelto como cuando decía en serio de ella que era la más bonita de Moscú, la besó y la apretó mientras le acariciaba los senos.

—No empieces —murmuró Olga Chichkova con coquetería—, que te conozco. Te alborotas y el niño está al llegar. Además, no me he bañado.

Góngora le olisqueó el cuello y el aroma de su piel le provocó un retorcijón de deseo en el bajo vientre.

—De todas formas estás perfumada. Además, «el niño» tiene diecinueve años y sabe perfectamente que sus padres están sexualmente activos.

Sonó el teléfono.

—Yo lo cojo —dijo Olga, y aprovechó para zafarse y entrar corriendo a la casa.

Góngora la siguió despacio mientras imaginaba una sesión de sexo rápido y se olvidó momentáneamente del cansancio.

Cuando entró en la sala Olga le pasó el teléfono.

—Te llama Andux.

Góngora se puso al aparato.

—¡Dime, pajarón viejo! —vociferó—. ¿Qué estrella se irá a caer que tú me llamaste?

La voz estropajosa del otro lado le cortó la alegría.

—Tengo que verte.

Góngora se percató de que estaba borracho. Aun así, preguntó:

—¿Te pasa algo?

—Sí. ¿Puedo ir para allá ahora?

Góngora miró a su mujer, que estaba recostada en el marco de la puerta de la cocina y lo miraba con curiosidad.

—Caballo, si te apareces ahora a Olga no le va a dar tiempo de preparar *pelmeni* —dijo excusándose.

Andux emitió una risa como un cloqueo.

—Está bien, ya sé que si me invitas sin avisar, te castigan. ¿A qué hora regresas del trabajo?

—Olvídate de eso —replicó Góngora—. ¿Tienes algún problema?

—Mañana te cuento. Oye, ¿todavía tienes guardado mi hierro?

Góngora se envaró.

—Sí, ¿Por qué?

—Lo necesito. Mañana voy a recogerlo y a comer *pelmeni*. —Andux colgó.

—¿Qué quería? —preguntó Olga.

—Comerse un plato de tus *pelmeni* —dijo Góngora—. Viene mañana a almorzar. —Colgó el teléfono y descubrió que su acceso erótico se había desvanecido.

Olga se sentó a enumerar una lista de cosas que debía comprar para hacer el almuerzo del día siguiente, pero él no la oía.

Estaba en el interior de su carro unos años atrás. A su lado Andux se hallaba al borde del llanto. Su mujer, la divina Julia, amenazaba con dejarlo. Su masculinidad no funcionaba y a la muy estúpida sólo se le ocurría culparlo a él.

Miró a través del parabrisas del carro a la extensión asquerosa del río Almendares y de pronto el relato de su amigo lo hizo sentirse como si alguien lo hubiera obligado a beber un litro de aquella fétida poción de mierda y desechos industriales.

—¿Le has contado lo que te pasó en Angola?

Andux se enderezó y se sorbió los mocos.

—No, pero de todas formas con contárselo no hago nada. A ella lo único que le interesa es que se me pare, y nada más.

Góngora murmuró una imprecación y se quedó callado y enfurecido.

Andux sacó un bulto del bolso que llevaba y se lo entregó.

—Guárdame esto. Si lo tengo en la casa cualquier día me doy un tiro o se lo doy a ella.

Góngora abrió el paquete y vio la Sig Sauer que le había quitado en Angola al oficial de la UNITA y había traído a Andux como trofeo.

Y ahora quería que se la devolviera. Intentó imaginar para qué, pero prefirió no hacer especulaciones inútiles y se concentró en prestar atención a los proyectos culinarios de Olga.


Colgué el teléfono y pasé por delante de los dos guajiros uniformados que habían dejado de prestarme atención y ahora se ocupaban de pedirle la identificación a una mulata dueña de un descomunal trasero apenas cubierto por un vestido de punto, que evidentemente se dirigía a la acera del hotel Parque Central a tirar el anzuelo.

Los dejé en eso y regresé al cuarto. Parte de la curda se me había pasado con el aire de la calle, así que me dediqué a subsanar esa deficiencia con el resto de la botella.

Cayó la noche y la botella se acabó. El solar estaba oscuro y en calma. Algo desconocido pero irresistible me hizo coger la llave del cuarto que Nilda me había dado un siglo atrás. Salí y anduve casi a tientas el espacio que tantas veces había cruzado para ir a sus citas.

Dentro aún persistía el aroma de su presencia, como si en vez de estar descomponiéndose en una bóveda hubiera salido un momento y estuviera a punto de regresar.

Todo me importaba un carajo, así que encendí la luz sin cuidarme de que me vieran y durante un rato me quedé parado como un idiota imaginándome eso, que ella iba a entrar en cualquier momento.

Abrí la alacena y de una gaveta agarré con ambas manos un puñado de los pantaloncitos que usaba; sepulté mi cara en el encaje perfumado, me arrodille con la cabeza apoyada en aquel recordatorio de intimidad y empecé a llorar.

Regresé a mi cuarto después de agotar las lágrimas. Me senté con la mente en blanco. De pronto recordé una agenda que Nilda había olvidado sobre mi mesa unos días antes. La encontré en la tonga de papeles y libros apilados en una esquina para que no estorbaran. Era un librito de tapas plastificadas con un logotipo al que no presté atención. Pasé despacio las primeras hojas cubiertas de nombres, direcciones y teléfonos anotados con la nerviosa caligrafía de Nilda y de pronto tuve la sensación de que una de aquellas personas era quien la había matado.

Me quedé mirándola como si fuera una víbora. Estaba lleno de inquietud por lo que me disponía a hacer, como si hurgar en la agenda fuera una suerte de violación, una invasión en el mundo privado de la muerta, y al hacerlo me deslizara aún más por el plano inclinado que me llevaba al delito que había decidido cometer.

Me senté a darme ánimos con un cigarro. La borrachera se sublimó en una irresistible somnolencia y me hundí como en un pozo.


Me despertó un insoportable dolor de cabeza. Levanté con esfuerzo los restos de mi cuerpo, me lavé la cara y tragué dos aspirinas con un poco de café amargo.

Sonaron dos discretos golpes en la puerta. Abrí lo suficiente para asomar la cabeza y me encontré con la cara de Abelardo, llena de la bobalicona expresión de vecino servicial.

—Vino el picadillo de población —me informó en susurros, como si se tratara de un acontecimiento de trascendencia mundial.

—Gracias, ahora bajo. —Le sonreí sin deseos y cerré antes de que empezara a cotorrear.

Me senté en la cama y miré de soslayo la agenda; tenía que leerla, pero decidí ocuparme de la alimentación primero, porque, aunque trataba de no hacerlo, casi todos los dólares los gastaba en la curda. Cogí dinero, la libreta y bajé. El infame picadillo de soya no me gusta, pero al menos es barato, y la porción que me toca es sustancialmente mayor que el percápita de proteínas que le corresponde a cualquier habitante de las áreas rurales de, digamos, Bostwana, lo que resulta un gran consuelo.

Dos o tres viejas del barrio esperaban a que las atendieran y mataban el tiempo chismorreando en la puerta de la carnicería.

Ocupé mi lugar, me aseguré de que la que estaba delante de mí no se iría a ninguna parte y me dediqué a contemplar la obra maestra de publicidad comercial que desde hacía tiempo presidía el mostrador. Era un cartel escrito con plumón de fieltro sobre un trozo del cartón de las cajas de pescado:

*EL QUE NO SAQUE LOS HUEVOS PIERDE EL DERECHO*

Siempre que lo leo me dan deseos de taparme la entrepierna y salir corriendo.

Me tocó el turno, entregué la libreta y me acodé en el mostrador.

—Dime una cosa —le pregunté automáticamente al carnicero a fuerza de haberlo repetido tantas veces—. ¿Cuándo vas a cortarle el huevo derecho a alguien?

—No jodas —me contestó el carnicero con el mocho de tabaco entre los dientes—, estoy apurado.

Puso el montoncito de carne y soya picada en un trozo de papel y lo empujó hacia mí.

—Cualquier día te los corto a ti —desvió los ojos hacia la hilera de cuchillos colgados en la pared y soltó una risita—. ¡El próximo!

Regresé al cuarto, las aspirinas terminaron de cumplir su cometido, me quitaron el dolor de cabeza y lo sustituyeron por otro en la boca del estómago. Me bañé y me vestí en cámara lenta y alrededor de las doce salí para casa de Góngora. La perspectiva de ver después de mucho tiempo al único amigo que me quedaba aclaró un poco el nubarrón negro que tenía en el cerebro.

El sol caía a plomo sobre el Parque Central. Manadas de turistas tostados hasta adquirir el color de la langosta hervida merodeaban por los alrededores fotografiando los camellos y los automóviles de los años cuarenta y cincuenta que circulaban traqueteando como fósiles resucitados debido al ingenio nacional. Individuos de aspecto equívoco mosconeaban alrededor de los europeos asados intentando pescar dólares. Dos policías adolescentes observaban el vaivén humano con ceñudo desconcierto y lanzaban miradas de lujuria a una vikinga de seis pies y muslos sonrosados con un arete en la nariz y un matorral de trencitas rubias que colgaban sobre su espalda como un manojo de lombrices anémicas.

En la esquina de Prado detuve un Buick antediluviano con el cartel de taxi. Averigüé que iba por toda la calle Veintitrés —como siempre, en esta maravillosa ciudad los taxis van por donde ellos van y no por donde uno quiere, como si fuesen trenes que no pueden salirse de los rieles— y lo abordé, lo que significó incrustarme entre las masas adiposas de una señora corpulenta y la parte interna de la portezuela.

El artefacto resonaba como si fuera a caerse en pedazos, pero así y todo consiguió llevarme hasta Veintitrés y Paseo.

Cinco minutos después entré en el portal de la casa del gordo y la encontré transformada.

Me abrió Olga. Estaba rolliza y reluciente, con esa complexión maciza que adquieren las rusas a partir de los treinta años; después del matrimonio y los hijos le habían salido algunas arruguitas alrededor de los ojos, pero en conjunto seguía tan hermosa como antes. Pensé por enésima vez que si Góngora no la hubiera ligado en Moscú en cuanto le puso los ojos encima, yo me hubiera casado con ella, pero después de tantos años la quería como a la mujer de un hermano.

La vida en Cuba la había acostumbrado a nuestra forma de expresar el cariño, así que me dio un tremendo abrazo, me aplastó contra sus exuberantes tetas y me plantó un par de besos. Se separó y me sonrió con toda la dentadura, y ese gesto devolvió a su cara la belleza casi dolorosa de sus veinte años, cuando la conocimos bajo una nevada del carajo en la puerta del Bolshoi.

—Hola, cuñada —le dije cuando pude respirar.

Puso cara de conspiración y me dijo que tenía preparada una cosa especial para almorzar.

—A ver si adivino. ¿*Pelmeni*?

En eso salió Góngora del cuarto y me dio un manotazo en el hombro. Nos dijimos un par de las barbaridades que utilizamos a guisa de saludo para enmascarar el cariño que nos tenemos, y fuimos a sentarnos.

Olga entró a la cocina y regresó con dos copitas de vodka. Encendimos un par de cigarros cuando nos volvimos a quedar solos.

—Gordo, ¿qué es esa construcción de allá afuera?

Se bebió todo de un trago antes de contestar.

—Voy a poner una paladar.

—¡Cojones! —exclamé—, ¡ésa sí no me la imaginaba! ¿A ti qué te dio?

—Es una historia larga y tortuosa, como la canción de los Beatles, después te cuento.

—¿Dejaste el «aparato»?

—Sí, pero olvídate de eso ahora. Desde anoche me tienes preocupado. ¿Yo lo soñé o tú me pediste la pistola?

—¿Todavía la tienes?

Asintió con un cabezazo.

—No me contestaste —dijo con impaciencia—. ¿Estabas tan borracho que te dio por hablar mierda o me pediste la pistola en serio?

—Necesito que me ayudes —eludí de nuevo la respuesta.

Hizo un gesto de impaciencia.

—Mira, Olga se volvió loca haciendo comida, así que vamos a meterle caña y después hablamos.

Pasamos al comedor. Sobre la mesa reposaba una fuente de *pelmeni* humeantes, otra de bistés de puerco, una sopera de consomé de pollo, un bol de ensalada fría con cubitos de piña y jamón y una guardia pretoriana de latas de cerveza Heineken.

—¡Caballo! ¿Asaltaste un banco?

—El tío de Leningrado, ¿te acuerdas? —asintió—. Bueno, el hombre puso una discoteca hace como tres años y de vez en cuando le manda su dinerito a Olga. La semana pasada nos mandó ciento cincuenta dólares.

—¡Ah! —me sonreí—. Entonces sigue funcionando la hermandad indestructible entre los pueblos de Cuba y la URSS.

—No jodas, siéntate y vamos a comer. Seguro te pasas la vida volando turnos.

La vista del banquete me hizo reparar en que estaba muerto de hambre. Olga nos sirvió y se sentó al lado de su marido.

—Esta mujer cocina cada vez mejor —dijo Góngora en medio de dos bocados.

Yo tenía la boca llena, así que emití un gruñido de aquiescencia y aproveché para servirme más *pelmeni*.

—Siguen comiendo como si acabaran de salir de una dieta rigurosa —observó Olga con esa sonrisa que ponen las buenas cocineras cuando sus invitados se atracan—. Todo eso es para ustedes —continuó—. La comida de Aliosha la dejé en la cocina.

Era una indicación clara de que podíamos comer hasta reventar, y eso fue lo que hicimos. Bajamos todo con la cerveza, y después de tomar café nos fuimos para el cuarto donde el gordo tiene todos sus libros y sus papeles.

—¿Quieres un ron?

Negué con la cabeza.

—Si tienes un tabaco te lo acepto.

—Te jodiste, cigarros y va en coche —me ofreció uno y disparó—. Bueno, dime para qué coño quieres la pistola.

—¿La tienes?

—¡Sí, compadre! —estalló—. La tengo guardada.

—Dámela.

—¿Para qué?

—Coño, Góngora, ¿te metiste a fiscal?

Estábamos acalorados. De común acuerdo ambos bajamos la voz.

—Escúchame bien. Me importa poco si te encabronas, pero si no me dices para qué quieres la pistola no te doy ni cojones. No, no me interrumpas. Si te volviste loco de pronto no me interesa, pero no voy a dejar que andes armado por ahí. A mí no me metas ninguna turca, que las pistolas no son para jugar a la quimbumbia, sino para matar gente. ¿A quién coño quieres matar?

Se me quedó mirando fijo.

—Eso es lo malo, que no sé a quién…

Un momento después sentí que estaba llorando, me mordí rabiosamente la lengua para dominarme. Góngora se levantó y cerró la puerta.

—Dale —me dijo—, llora tranquilo y después me cuentas.

Ése es el mejor rasgo del carácter del gordo. No necesita muchas explicaciones para tenderte la mano.

Cuando me recuperé tuve que enfrentarme a la muda interrogación de sus ojos.

Le conté mi asunto con Nilda y lo poco que sabía sobre su muerte. Le dije lo que quería hacer.

Mientras hablaba, por momentos me sentía incoherente y ridículo, intentando hacer de Phillip Marlowe en esta ciudad, sentado con un viejo amigo, hablándole de vengar un crimen como si fuéramos dos personajes de algún *thriller* de los que ponen los sábados por la noche.

Cuando terminé mi relato Góngora inclinó hacía delante su corpachón de futuro obeso.

—Estabas metido con ella como un caballo.

La frase quedó a medias entre una afirmación y una pregunta.

Desvié la vista, porque me había metido el dedo en la llaga.

—Piensas que me volví loco.

Negó muy lentamente con la cabeza y dijo:

—¿Qué piensas hacer?

Encendí otro cigarro. Manosearlo, ponérmelo en la boca y darle fuego me suministró el tiempo necesario para formular lo que iba a decir de manera menos descabellada.

—Quiero encontrar al tipo que la mató.

Góngora se exasperó.

—Eso es cosa de la policía —articuló con paciencia, como si hablara con un retardado—. Ya nosotros no somos policías, si es que alguna vez lo fuimos. Tú lo que estás es loco, quieres matar al culpable, como si fueras un mafioso.

Me quedé callado.

—Y además de eso —continuó—, yo que te conozco, te digo que me los corto si tú no estás aquí para que yo te ayude a meterte en esa candela.

—Para eso somos socios, ¿no? —dije a la defensiva.

—No —me contestó categóricamente—. Somos amigos para que yo te diga que estás comiendo mierda. Primero te enamoras de una jinetera y ahora por si fuera poco quieres hacer de detective. —Se tocó la sien con el dedo índice—. Estás quemado, caballo.

Me puse de pie.

—Tienes razón. De todas maneras yo lo voy a hacer solo. Esa jinetera era la única cosa buena que me quedaba. Voy a partirle la vida al que le hizo eso. Despídeme de Olga.

Me encaminé a la puerta, pero Góngora se atravesó.

—Oye, espérate. ¿Te vas a ir pal carajo así?

Me encogí de hombros.

—Anda, siéntate.

Lo hice, y él se quedó de pie dando paseítos.

—Si te ayudo a encontrar al tipo que la mató. ¿Qué vas a hacer?

—Seguro que me lo fumo.

Vio en mi cara que hablaba en serio.

—Coño, Andux —exclamó—. ¿En qué te estás metiendo?

Reflexionó un momento y se sentó.

—¿Tienes pruebas de que efectivamente la mataron?

—Eso es lo que se dice. Y en la funeraria había un tipo dando vueltas que olía a policía a una cuadra.

—Si era jinetera, puede ser que alguien la haya matado —reconoció con la vista clavada en el techo—. Vamos a hacer una cosa, yo voy a averiguar lo que pueda con un amigo que tengo en la Central. Me debe favores y no creo que se vaya a poner pesado. Mientras tanto no hagas nada. Yo te veo en tu casa.

Sonreí, pero no me dejó hablar.

—Eso no significa que me voy a meter en la película que has inventado, nada más voy a averiguar cosas. Y de la pistola, olvídate.

Cuando el gordo se planta no hay quién lo contradiga, así que acepté sus condiciones. Quedamos en vernos en mi casa al día siguiente. Me despedí de Olga, subí hasta Veintitrés y capturé un taxi que me devolvió a la Habana Vieja. Subí al cuarto y me tomé dos o tres tragos de lo que quedaba en la botella.

Abrí la agenda y me puse a estudiar los nombres y teléfonos que había en ella. Pasé una hora intentando sacar algo en limpio de aquellos trazos de escritura nerviosa y apresurada, pero por supuesto mi única ganancia fue un gran dolor de cabeza.

Me lavé la cara y me mojé la nuca. Volví a sentarme, tomé lápiz y papel y anoté:

«74 nombres
18 mujeres
56 hombres.»

Empecé a revisar los nombres masculinos. De los 56 nombres, 28 tenían anotado un teléfono; 18, teléfono y dirección, y 10, sólo la dirección. Entre estos últimos uno me llamó la atención.

ANGELITO BUTTERFLY.
LAMPARILLA, 414, HAB. 16

Junto a la dirección estaba escrito con otra tinta un número cinco mil. Tenía puestos los dos ceros decimales, así que era una cantidad de dinero.

No había anotación de ese tipo junto a ningún otro nombre. Aquel individuo, o le debía dinero a Nilda o ella se lo debía a él. Me incliné por la primera suposición. Había visto a Nilda sacar dinero de una cajita de tabacos donde guardaba un fajo de billetes que le había dejado el tal Giorgio. No necesitaba pedir prestado. La nota era el recordatorio de una deuda. De pronto me acordé de la permuta y el dinero enmarañado.

Estaba cayendo la noche. Salí a la calle sin saber muy bien lo que iba a hacer.


La fachada del edificio de Lamparilla cuatrocientos catorce estaba recubierta por una uniforme capa de churre que se había fosilizado allí posiblemente desde el final de la Primera Guerra Mundial. El vestíbulo había conocido mejores tiempos y sin duda mejores inquilinos que los tres desaseados palurdos vestidos sólo con pantalones recortados que conversaban de pelota a grito pelado mientras se pasaban un pomo de alcolifán. Ocupaban todo el espacio disponible para entrar, pero uno de ellos se apartó con el gesto displicente del que hace un favor y me dejó espacio para pasar.

Subí por una escalera oscura hasta un pasillo en forma de balcón sobre el patio interior. Encontré enseguida el número dieciséis, cuya puerta estaba cuidadosamente barnizada. Toqué con un llamador de bronce en forma de cabeza de león.

Me abrió un mulato delgado de edad indefinida. Llevaba el pelo desrizado recogido en un impecable moño sobre la nuca y lucía dos argollas de oro en las orejas. Estaba vestido con un *short* rojo cortísimo y una camiseta. Tenía una verdadera exposición de sortijas en los dedos y olía a colonia Bonabel a una legua.

—¿Ángel?

—Para servirle —me contestó con voz de pito.

«Es un maricón de carroza.»

—Yo soy amigo de Nilda. Tengo que hablar contigo. —Deliberadamente adopté una expresión muy seria.

De inmediato se puso nervioso. Noté cómo le temblaban las aletas de la nariz. Se llevó una mano al pecho como una mujer tapándose el escote.

—Pase.

Entré en una pieza que hacía las veces de sala, muy pequeña y decorada con la exquisitez característica de los maricones de clase, pero no tuve tiempo de fijarme en nada, porque me soltó una ráfaga de palabras que apenas entendí de pronto, pero luego conseguí descifrar como un torrente de explicaciones. Deduje que, cualquiera que fuera la razón por la que Nilda le había dado la cantidad de dinero anotada en la agenda, él todavía lo tenía en su poder y no había resuelto nada de lo que se suponía que debía hacer.

Lo interrumpí de no muy buena forma.

—El dinero. Vengo a buscar el dinero —le espeté con cara de pocos amigos.

—Mire, compañero —me dijo en medio de un revuelo de gestos amanerados—, yo de ninguna manera me iba a quedar con el dinero, lo que pasa es que no he podido hablar con el abogado que va a arreglar los papeles, pero yo le garantizo que la permuta sale en una semana, y entonces…

—Oye —le dije exasperado—. ¿Tú no sabes que a Nilda la mataron?

—¡Ay, santa Bárbara! —gritó, arrodillándose delante de mí—. ¡Por su madre, yo le juro que no sabía nada, ni tengo que ver con eso!

Me dio la impresión de que era sincero, pero no importaba.

—Dame el dinero de Nilda —le repetí despacio para que captara bien la cosa.

—Compañero —gimoteó—. Es que yo no lo tengo aquí...

Lo agarré por el cuello y lo sacudí un par de veces. Le soné cuatro o cinco bofetones y volví a sacudirlo hasta que el moño se le deshizo.

—Ni se te ocurra gritar, que te parto la cara. ¡Acaba de darme el dinero! —le ordené sin levantar la voz ni soltarle el cuello.

En aquel momento yo mismo no me percataba del acceso de furia homicida que había pulverizado las barreras de mi comportamiento civilizado.

Le di un puñetazo en la cara y disfruté con perverso gozo su gemido de dolor. Empecé a estrangularlo.

En el último momento reaccioné. Lo solté cuando ya estaba cianótico. Se arrodilló respirando a estertores, tosiendo y expulsando babas frente a un altar de santo que tenía en una esquina de la salita, debajo del retrato enmarcado de un joven negro muy bien parecido con una cicatriz en la mejilla.

Se persignó delante del altar, hizo algunas reverencias al Elegguá, metió la mano detrás del Osun y hurgó en un escondite. Sacó la mano vacía. Y me miró con un desconcierto que no podía ser fingido.

—El dinero estaba aquí —dijo con un hilo de voz, realmente aterrorizado—. Se lo juro por mi madre, estaba aquí. Mi marido debe haberlo cogido sin decirme nada. —Señaló al retrato de la pared—. Si quiere, máteme, pero le juro que no lo tengo. —Temblaba como un azogado. Algo me dijo que no mentía, después de la golpiza que le había dado me pareció imposible que se arriesgara a recibir otra.

—Ojalá sea verdad que tú no tuviste nada que ver con la muerte de Nilda —le dije—. Porque lo voy a averiguar, y si fuiste tú, el día menos pensado vengo y te reviento. ¿Me oíste? ¡Y procura que aparezca el dinero!

Lo dejé, salí del cuarto, cerré la puerta detrás de mí y bajé rápido a la calle. Los indígenas de la entrada se habían ido. Me alejé y por el camino me fui serenando.

Entré en el bar Monserrate y pedí una cerveza. El médico cantinero me saludó y le contesté de mala gana. Comprendió que yo no estaba para charlas y se fue al otro extremo del mostrador.

Bebí despacio mientras contemplaba los flirteos de un tipejo que intentaba ligar a una italiana cuarentona llena de cadenitas de oro.

La italiana sucumbió al diluvio de torpes galanterías y le sonrió al fulano, que aprovechó para sentarse con ella.

«Ahora le pide un trago, se arreglan y dentro de un par de horas están en la cama.»

Terminé mi cerveza y me levanté justo antes de que se dieran el primer beso.

Ya en mi cuarto me acosté vestido en la cama y estuve pensando insensateces durante horas. Me levanté, hice una tortilla y la comí con un pedazo de pan. Me volví a acostar y caí en un sopor semilúcido pensando en la muerte de Nilda.

Góngora se apareció como a las seis.

—Averigüé un par de cosas —me dijo sin preámbulos.

No abrí la boca. Le pregunté con los ojos.

—A tu amiga la estrangularon. Apareció muerta en un edificio medio derrumbado que está frente a la terminal de la lancha de Regla. El cadáver lo encontró un curda que salió del bar Dos Hermanos y se metió en las ruinas a orinar. Tenía un par de hematomas en la cara, parece que la golpearon para atontarla antes de matarla. ¿Crees que la mató un cliente? —me preguntó después de una pausa.

—No me parece, ella no era de las que se paran en las puertas de los hoteles. Tenía su ambiente entre empresarios, gerentes y cosas así.

—¿Estás seguro?

Asentí.

—Pero la cosa no termina ahí. Me dijo el socio que en los últimos meses han desaparecido nueve muchachas en la ciudad. Una sola apareció muerta cerca de Cojímar; de las otras, ni rastro, aunque se cree que están muertas. Todas eran jineteras, menos la de Cojímar, la mayor de las víctimas tenía veintiocho años y la más joven diecisiete. Se cree que la muerte de tu amiga está vinculada con eso, y la gente con la que hablé está convencida de que hay un asesino múltiple operando en La Habana. Están un poco desconcertados, tú sabes que eso aquí no se ve.

—¿Ese socio tuyo está bien informado?

—Seguro. Es oficial, y aunque no está a cargo de la investigación conoce los detalles. Me contó todo eso porque tenemos confianza de años y hace muy poco tiempo que salí del servicio activo. Me dijo que la jefatura está presionando porque no se tienen pistas sólidas y el asunto puede afectar el turismo.

—¿Y es seguro que todas las desaparecidas están muertas?

—Bueno, no es una certeza, pero creen que sí.

Nos quedamos callados hasta que el gordo me soltó una pregunta que estaba temiendo.

—¿Te vas a meter en ese mierdero?

—No tengo opción.

Se revolvió en el butacón de tal manera que pensé que lo iba a romper.

—Hay que dejarte por incorregible —refunfuñó—. Dime, ¿tú tienes alguna pista?

Le di la agenda. La hojeó despacio y la cerró.

No le conté nada de mi incursión en la casa de Angelito. Sentía que estaba interesándose en el asunto y no quería interrumpir ese proceso.

—Podemos investigar a esa gente —le dije, señalando la agenda.

—Me parece bien —dijo con sorna—. Vamos llamando a cada teléfono o visitamos a la gente en sus casas y les preguntamos si por casualidad mataron a esa niña. Estás oxidado, caballo. Mejor yo me llevo la agenda y veo a otro socio para que revise en la computadora a ver si tiene algo sobre estos personajes.

—¿Y te dará la información? Ya tú estás fuera.

—Por una sola vez creo que sí.

Acepté sabiendo que ya se había involucrado. Nos despedimos hasta el día siguiente.


Góngora llegó a su casa ya de noche. Cerró cuidadosamente su destartalado Moskvich, quitó la antena y entró en la sala con ella bajo el brazo. Había adoptado esa costumbre desde que el robo de antenas había adquirido la categoría de deporte oficial de la ciudad.

Su mujer lo recibió con un beso y ojos de preocupación.

—¿Estabas con Andux?

—Sí, fui por su casa. ¿Ya llegó Aliosha?

—Está en su cuarto estudiando. Dime, ¿qué se traen ustedes dos?

Góngora puso cara de sorprendido y dijo que nada.

—Ustedes andan metidos en un lío —machacó Olga, y como siempre que se excitaba, su acento ruso se le acentuó más.

En doce años de matrimonio Góngora no había logrado engañarla ni una sola vez, tenía una intuición casi paranormal para detectar cuándo no se le decía la verdad.

La hizo sentarse a su lado en el sofá y se acomodó a su lado.

—Mira, el que está en problemas es Andux. Mataron a una muchacha que estaba con él y se ha empeñado en averiguar quién fue para echárselo. Quiere que yo lo ayude.

—¿Tú te vas a meter en eso? —la voz de Olga se hizo estridente. Góngora le tomó las manos.

—Claro que no. Voy a usar mis contactos para averiguar y evitar que Andux se meta en ese lío, pero para eso tengo que andar con él.

—Eso es cosa de locos, ustedes no pueden meterse a investigar por su cuenta, los van a meter presos.

—Olga, Andux es mi amigo —le dijo Góngora con calma—. Andux es como mi hermano. Lo que tenga que hacer para evitar que se meta en líos lo haré. ¿Entiendes?

En la sala entró Aliosha. Se acercó y saludó a Góngora con un beso en la mejilla.

—Ahorita vuelvo. Chao, mami.

—No te demores —le dijo Olga maquinalmente.

Góngora se quedó mirando la figura de su hijo mientras atravesaba el portal. El pelo rubio, que llevaba largo y recogido en una coleta, lo había heredado de su madre, pero el oscuro de los ojos y el carácter apacible y decidido eran de él.

La inquietud que le producía su hijo desde tiempo atrás afloró de nuevo a la superficie de su conciencia.

Aliosha había soportado mal la transformación del país. Estaba criado bajo una escala de valores que se estaba esfumando a pasos agigantados. El mundo se le había deslizado bajo los pies como si alguien le hubiera movido la alfombra.

Góngora recordó a Aliosha niño, con la pañoleta roja al cuello, jugando en el patio de la escuela, y comparó aquella imagen con la del taciturno adolescente que entraba y salía de la casa silenciosamente, como si se deslizara por un territorio ajeno. Tenía una novia tan callada y desvaída como él. Asistían a las clases de la facultad y obtenían buenas notas, pero todo lo hacían como quien ejecuta una obligación inevitable y no demasiado engorrosa, sin entusiasmo y con el mínimo interés necesario. Por pura inercia.

Sabía que Aliosha, a pesar de haberse educado en el desinterés por las cosas materiales, se sentía obsesionado por los artículos de consumo que se exhibían en las tiendas de divisas. Zapatillas Adidas, zapatos Wisconsin, *blue jeans* Lois, esas cosas ocupaban su mente. Incluso había hablado de dejar la carrera para ponerse a trabajar. Góngora le había hecho ver su ingenuidad; ni con un salario de profesional se tenía acceso a esas cosas, pero sabía que su hijo había asimilado la charla sólo a medias; carecía de la experiencia necesaria para asumir aquello. Su realidad era simple y directa. Tenía sólo un *blue jean* usado y un pantalón «de salir», un triste y solitario par de zapatos y dos o tres camisas presentables. En su mente aquello podía resolverse consiguiendo un trabajo de maletero o portero en un hotel, y para colmo tenía un amigo que le había prometido ayudarlo en eso.

Pero lo peor es que Góngora sabía que no podía remediar la situación y esa convicción lo desesperaba; tenía un concepto tradicional de la función del padre de familia y lo amargaba no poder proveer todo lo necesario. Se sentía estafado, como si alguien le hubiera robado una facultad que consideraba inherente a la hombría.

Por eso había solicitado su baja e invertido parte de las remesas de dinero que enviaba el tío de Olga, devenido nuevo rico en el mercado negro de San Petersburgo, en acondicionar el frente de la casa para poner una paladar. Tenía que proveer a Aliosha de seguridad económica para que siguiera en la universidad y limpiara su cabeza de pajaritos.

Se percató de que Olga le hablaba mientras él estaba en las nubes.

—Estás distraído.

—Pensaba en Aliosha. Me tiene preocupado.

Olga se ensombreció.

—Yo me ocupo de él. Tú prométeme que no te vas a meter en problemas por causa de Andux.

—Descuida —dijo Góngora, pero siguió pensando en cosas desagradables.

No lo admitía, pero haberse encontrado con Mosqueda fue la gota que le colmó el vaso. Eso lo había decidido a pedir la baja del cuerpo y emprender la aventura de la paladar. Recordó a Mosqueda, un individuo magro y de rostro impenetrable en la época en que ambos eran militares. Era de los que siempre andaban con la palabra patria a flor de labios, y constantemente mencionaba el sentido del deber y otros conceptos elevados, pero en Angola se había cagado. Góngora se trasladó en el tiempo y la distancia hasta aquella mañana en que la patrulla de exploración donde estaba Andux cayó en la emboscada. La caravana se había detenido y todos estaban pendientes del ruido del combate que les llegaba desde dos kilómetros más a la vanguardia.

Recordó el rostro de Mosqueda desfigurado por el pánico, él, que siempre había empujado a otros con palabras altisonantes, inmovilizado, indiferente a su cargo de jefe del Grupo de Contrainteligencia, a sus grados de capitán, a punto de orinarse en los pantalones.

Góngora había comenzado a organizar dos escuadras para intentar el contraataque, pero Mosqueda lo interrumpió y trató de persuadirlo de que lo mejor era retirarse. Había leído en sus ojos que no le importaba la suerte de los que habían caído en la emboscada, todo lo que deseaba era salir echando de allí, llegar lo más pronto posible a un campamento, lejos de la línea de fuego, a la retaguardia, donde podía sentirse en su medio haciendo informes sobre los demás, echando palante a la gente.

—Voy a avanzar —le dijo Góngora—, y me importa un carajo lo que usted piense. No podemos dejar a los exploradores bajo ese ataque.

Mosqueda se había engallado y hasta lo amenazó con una corte, pero Góngora le volvió la espalda y salió con un grupo, irrumpió en el lugar de la emboscada y rescató a Andux medio muerto y los cadáveres de los otros. Mosqueda le inspiraba tanto desprecio que ni se molestó en informar de su cobardía.

Y un montón de años después se había encontrado con aquel mismo hijoeputa vestido de ejecutivo y dirigiendo una corporación. Habían coincidido en una reunión. El otro no lo había saludado ni dado señales de conocerlo, pero Góngora tenía grabada su cara de lagarto. Durante todo el tiempo no pudo quitarle los ojos de encima, odiando cada uno de sus ademanes, su elegante corbata, el fino bigotico que se había dejado crecer y hasta la bellísima secretaria que se había agenciado.

«Así es la vida», pensó con acritud, y se levantó para bañarse.

# 6

Se dejó caer en el butacón, que crujió peligrosamente.

—Si lo rompes me vas a tener que dar unos cuantos fulas para comprar otro —bromeé.

—No jodas, que estoy muerto —resopló el gordo—. Anda, dame un poco de agua y otro poco de café.

Mientras yo trasteaba en la cocina sacó un pañuelo enorme y se secó el sudor.

—No encontré nada. ¿Y tú?

Estuve a punto de contarle lo de Angelito, pero no me decidí. Si se enteraba me armaría una bronca.

—Yo tampoco.

—Estoy pensando que tu amiga no puso en esa agenda el nombre de ninguno de sus clientes, a lo mejor son sólo amistades como las de cualquiera. —Le alcancé un poco de café recalentado en un vaso.

—Puede ser. Ella era muy reservada.

—Estamos en cero, caballo. ¿Por qué no dejas esto?

Meneé la cabeza.

—Yo sé lo que me vas a decir. Que nos vamos a meter en un problema por jugar a los detectives y toda esa mierda. Si tú no quieres seguir, déjalo. Yo lo hago solo.

—Oye, aunque encuentres al que la mató y lo cortes en trocitos eso no la va a revivir. Y tampoco te va a levantar el rabo.

Debí de haber puesto una cara terrible, porque en cuanto acabó de hablar se puso pálido.

Nos quedamos callados como cinco minutos. En el edificio de al lado retumbaba una música disco. Góngora se paró a mi lado y me dejó caer una manaza en el hombro.

—Disculpa, caballo —me dijo con un hilo de voz.

—No cojas lucha con eso, que en definitiva es verdad.

—Entonces vamos a seguir buscando.

Cogí la agenda y busqué entre los nombres que aún no había tachado.

—Aquí hay una tal Ydalsys. No tiene teléfono, nada más la dirección: avenida Cincuenta y nueve, diez mil veinte, entre Cien y Ciento dos.

—A ésa la pasé también por la computadora y no dio nada, pero de todas formas vamos a verla.

—¿Ahora?

—Sí. De todas formas no me voy a morir porque gaste más gasolina de la que tengo. Vamos para Marianao —dijo guardando la agenda en su bolso.

—Yo tengo dinero, compadre, por ahí llenamos el tanque.

Encontramos el lugar después de dar unas cuantas vueltas. La placa de metal con el número permanecía firmemente atornillada en los restos de un portalón digno de las ruinas de Pompeya. El número diez mil veinte correspondía a un inmueble demolido que había dado paso a uno de esos enclaves que han florecido en la ciudad, y en los que cuando uno entra cabe preguntarse si sigue estando en La Habana o en algún rincón bombardeado de Beirut o Sarajevo.

Pasamos bajo la entrada con cierta aprensión y nos encontramos en un espacio amplio, pavimentado en parte y presidido por una maraña de tendederas llenas de ropa recién lavada. Un par de perros escuálidos nos salieron al paso, pero ni ladraron, estaban muy ocupados buscándose el yantar.

Al otro lado de las tendederas encontramos un grupo de construcciones hechas al buen tuntún, algunas habían aprovechado los restos de la antigua casa, otras eran completamente nuevas, casi ninguna estaba pintada, y muchas paredes exhibían los ladrillos sin repellar. Todas las puertas estaban abiertas de par en par y cada una de ellas vomitaba el estruendo de una música diferente según el gusto de sus invisibles moradores, desde corridos mexicanos hasta el dúo de Freddy Mercury con Montserrat Caballé cantando *Barcelona*.

Una mujer bastante culona, inclinada sobre un lavadero, nos daba la espalda. Era la única persona visible y supuse que sería joven a juzgar por su trasero medio descubierto por un astroso *short* hecho de un *blue jean* cortado de cualquier manera.

—Buenos días —dijo Góngora con su voz más educada.

La mujer se volvió y entonces vi que no era tan joven.

—Buenas —contestó haciendo esfuerzos para mantener el cabo de cigarro que tenía entre los labios, mientras guiñaba los ojos para que el humo no la molestara. Su melena corta de un castaño descolorido necesitaba desesperadamente un buen champú. La camiseta gastada casi dejaba a la vista sus senos un poco marchitos.

—Me hace el favor —le dijo el gordo—. ¿Dónde vive Ydalsys?

—Allá arriba —masculló señalando una escalera antes de darnos la espalda de nuevo.

—Gracias.

Subimos y nos encontramos en la terraza de una casa hecha sobre la vivienda de la mujer que lavaba. Un perrazo enorme se acercó y nos miró con ojos tristes. Lanzó media docena de ladridos para salvar su responsabilidad y se largó al interior de la casa.

Poco después salió un tipo delgado y taciturno con un *short* por toda vestimenta y se nos acercó con cara de tranca.

—¿Ydalsys está?

La pregunta se quedó flotando mientras el individuo nos examinaba. Me cayó mal gratuitamente, quizá por sus patillas puntiagudas, algo que no resisto.

—¡Ydalsys! —vociferó sin quitarnos los ojos de encima. Pensé en lo agradable que resultaría darle un buen puñetazo en los dientes.

Apareció una muchacha con el cráneo afeitado y un muestrario de argollitas y pendientes raros en las orejas. Aposté mentalmente a que el azul intenso de sus ojos lo debía a lentes de contacto, porque ninguna mulata podía tener esas dos aguamarinas naturales. Sus senos luchaban desesperadamente por romper un tope de color rojo fosforescente.

—Venimos de parte de Nilda —se adelantó Góngora antes de que preguntara nada.

—Dicen que a Nilda la mataron. ¿Ustedes son policías? —La muchacha estaba muy seria y el tipo desagradable un poco inquieto.

—No —contestó Góngora en un tono medio zafio—, somos primos de ella y queremos tallar una cosa contigo.

—Pasen —dijo Ydalsys después de un silencio interminable.

Entramos en una salita pequeña atestada con dos sofás y cuatro butacones mullidos y aceptamos la invitación a sentarnos. En las paredes colgaban varios cuadros de marco dorado con motivos florales de los que se venden en serie en cualquier *shopping*.

—¿Quieren café? —Ydalsys se había relajado. El sujeto desagradable abrió una puerta y desapareció. Lo hizo muy rápido, abriendo la hoja sólo lo suficiente para escurrirse de lado, pero no pudo impedir que escapara una bocanada de aire acondicionado trayendo un poco de música dulzona y jadeos femeninos mezclado con retazos de conversación y risas.

«Ahí dentro están viendo una película porno.» Me pregunté si no habríamos interrumpido una orgía.

—Ése es mi primo —dijo Ydalsys tranquilamente—, está viendo un pellejo con unos amigos.

Sonreímos con aire de que comprendíamos todo, ella puso la cafetera a la candela y vino a sentarse en el sofá frente a nosotros, con lo que el borde de su faldita subió de nivel y nos facilitó un espléndido *close up* de su oscuro monte de Venus visto a través de una delgada película de encaje blanco. La combinación de eso y el tope rojo terminó de ponernos nerviosos. Evidentemente era un animalito sexual.

—¿Es verdad que la mataron?

Asentimos.

—Qué pena. Con lo chévere que era esa niña —observó—. La verdad es que la vida es una mierda.

—Nosotros vivimos en Villaclara y no la veíamos mucho. ¿Tú eras amiga de ella?

—No tanto como amigas —respondió Ydalsys—. Nos llevábamos bien. Ella venía mucho por aquí. —La cafetera esparció su aroma y ella salió disparada hacia la cocina.

Regresó trayendo dos tazas. Le hicimos los honores al café en silencio.

La puerta se abrió y del cuarto salió un nibelungo rubio y musculoso abrazado a una negra alta como una watusi, una verdadera preciosidad envuelta en ropas blancas, holgadas y caras. Detrás salió el primo. El aire se llenó de efluvios de sexo, alcohol y marihuana.

—¿Bueno, qué? —preguntó Ydalsys.

—*Alles gut* —profirió el gigante, que llevaba tremenda curda, no se sabía si a causa del alcohol, los estupefacientes o la belleza que llevaba colgada de su cuello.

Ydalsys sonrió mostrando hasta las encías.

—Me alegro. ¿Cuándo vuelves por aquí?

El tipo se encogió de hombros mientras se balanceaba y hacía esfuerzos por enfocar su visión.

—Chao —dijo la estatua de ébano, y maniobró con el alemán hacia la puerta.

—*Auf wiedersein*.

—Hasta luego.

El trío salió.

Ydalsys se volvió a sentar y de nuevo tuvimos la inquietante visión ante los ojos.

—Bueno, y por fin ustedes. ¿Qué quieren?

—Estamos averiguando quién mató a Nilda para conversar con él, o ella. —Me pasé el dedo índice por el cuello en un gesto inconfundible.

La confesión de que pensábamos cometer un delito pareció tranquilizarla.

—Yo no sé mucho. Nada más la conocía de venir por aquí, ni siquiera me acuerdo de quién me la presentó. Ella venía a hacer cuadros, ¿entienden? Yo pongo la casa, las películas, a veces también entro en la recholata, y la gente viene a verlas en grupos, nunca muchos porque eso no sirve. Nilda siempre venía con una amiga, cuando más dos, y uno o dos tipos. Extranjeros. A veces venía ella sola con dos extranjeros. A mí no me preocupaba eso, mientras paguen por la fiesta, no hay problema.

Tragué con dificultad la bola de hiel que tenía en la garganta. Góngora preguntó.

—¿Sabes los nombres de alguna de esa gente?

—Las mujeres casi siempre eran dos. Una se llama Olimpia, y otra María, aunque le dicen María *Pomo de Leche*, porque es gordita y blancuzca como una rana. Los hombres tienen unos nombres puñeteros, no los recuerdo. ¡Ah!, también dos chinos…

—Claro —dijo Góngora—. Ven acá, ¿y dónde podemos ver a esas dos?

—Bueno yo sé que María vive por el puerto, cerquita del muelle La Coubre, pero no sé la dirección exacta, y de Olimpia si que no sé nada, pero ellas dos siempre andan por la Rampa, en la esquina del Yara, por la acera de Coppelia, en el *lobby* del Habana Libre. Olimpia es una trigueña alta igualita a la artista esa que trabajó con Antonio Banderas en *El Zorro*, Caterín Jota no sé qué…

—Katherine Zeta Jones —apuntó Góngora.

—Esa misma. Ella y María siempre andan juntas, son socitas.

—Bueno, gracias —Góngora se puso de pie y yo lo imité—. Nos vamos.

Íbamos saliendo cuando Ydalsys me agarró del brazo.

—Mira yo ni sé por qué les he contado todo esto, a lo mejor ustedes no son primos de ella ni un carajo, pero si es verdad y encuentran al que la mató, pártanle los cojones.

—Seguro en Cuba —le dije, y nos largamos escalera abajo.

—Tremenda perla esa amiguita tuya, comentó el gordo cuando rodábamos por Cien.

Me quedé en silencio. Nilda había sido tremenda puta, pero no me importaba.

Al regreso de Marianao pasamos de largo por la esquina de la casa de Góngora y fuimos al Burgui del cine Riviera a comer algo. Habíamos hecho todo el trayecto callados, pero el olor de las hamburguesas con queso y beicon nos desató las lenguas.

—¿Tú crees que la Ydalsys esa nos dijo todo lo que sabe?

La pregunta cogió al gordo con la boca llena. Se tragó el enorme bocado y bebió un sorbo de batido antes de contestar.

—No tengo manera de saberlo, caballo. Pero estoy casi seguro de que lo que dijo sobre las dos personajas amigas de tu amiguita es verdad, así que vamos a darnos una vuelta por La Rampa a ver si las encontramos.

—Oye, te veo muy suelto. Y si nos coge tarde, ¿qué le vas a decir a Olga?

—Que estaba cambiándote los pañales.

Opté por seguir ocupándome de mi hamburguesa.

Cuando terminamos de comer ya estaba anocheciendo. Fuimos hasta la Rampa, dejamos el carro en un parqueo y nos dedicamos a vagabundear. Era demasiado temprano para las criaturas nocturnas que buscábamos, así que nos metimos en el cine Yara a ver *Todo sobre mi madre*, la última de Almodóvar. La vimos una vez y media para hacer tiempo y salimos cerca de las diez.

La esquina de Veintitrés y L estaba llena de gente.

—Cómo ha cambiado la cosa —observó el gordo con cara de susto y enseguida supe a qué se refería. Ambos habíamos frecuentado aquel lugar cuando jóvenes, en la época en que era un desafío tener el pelo largo y los pantalones acampanados. Una época en que cada noche se daban cita allí cientos de muchachos llenos del ingenuo idealismo *hippie* recién importado de los países del primer mundo y no hacían nada salvo estar allí, mirar las nalgas apenas cubiertas de las muchachas que lucían las minifaldas que Mary Quant había lanzado al mundo desde Londres y tratar de parecerse lo menos posible a las personas mayores y los cheos, además de salir corriendo calle abajo cada vez que se producía una recogida por parte de los agentes del orden de los peligrosos exponentes de la desviación ideológica con destino a la UMAP.

Ahora, veintitantos años después, en el lugar donde yo había perdido totalmente la inocencia después de mi episodio con la inefable Normita, ya no se sentaban muchachos melenudos pensando en el amor libre, sino la peor colección de tipos despreciables que hubiera visto en mi vida. Un grupo de travestidos con tacones altos, vestidos largos, más femeninos y lánguidos que Greta Garbo, charlaban con varios individuos de filiación sexual que oscilaba entre los deci-

didamente maricones, vestidos con ropa masculina, y los ligeramente
sodomitas, con botas de motociclista, pantalones de camuflaje y camisetas de manga corta pegadas al cuerpo. Mas allá, algunas jineteras,
cada una con un neceser en la mano, conversaban entre sí y con un
enano que parecía recién salido de una película de Fellini.

—¡Cojones! —exclamó Góngora entre dientes—, ¡esto es un
zoológico! —Atravesamos el territorio ocupado por aquella fauna
exótica y caminamos hasta la esquina de la farmacia, sintiéndonos
como dos terrestres en una ciudad de alienígenas.

»¿Qué hacemos? A esta gente no se le puede entrar con el mismo cuento, se erizan si se imaginan algo raro.

Asentí y nos quedamos un rato allí, indecisos. Examiné a Góngora. Gordo, colorado y bien vestido.

—Mira, se me ocurre una cosa, con la pinta de ruso que tienes te
haces pasar por extranjero y yo le entro a cualquiera de esas chiquitas
como si estuviera consiguiéndote un punto.

—¡Andux, no jodas! —exclamó—. ¡Qué ruso ni qué carajo, con
esta cara de hambre!

—No te hagas, que la comida de Olga te mantiene a un nivel alimentario eslavo.

Soltó un resoplido, lo que en él equivale a una rendición.

—Dale —lo urgí, y salimos de nuevo hacia la esquina del Yara.

El travestido más desvergonzado, una rubia escuálida con pechitos obtenidos Dios sabe cómo, nos dedicó una mirada incendiaria y
le devolví otra que significaba vete pa'l carajo so maricón.

Dejé al gordo un poco atrás, me acerqué a las puticas y dije con
mi expresión más desfachatada:

—Mimi, ¿has visto a Olimpia por aquí?

Me contestó una trigueña bajita que no tendría mas allá de dieciocho años, a pesar de su imponente busto.

—¿Qué Olimpia?

—La socia de María *Pomo de Leche*.

—¡Ah! ¿Para qué la quieres?

Señalé a Góngora con los ojos.

—Quedé con ella en presentarle al yuma ese, pero no la encuentro.

—Bueno, entonces preséntamelo a mí —se ofreció, sacando el pecho, con lo que casi rompió su blusa de seda—. Yo sé hacer lo mismo que ella.

—Pero, bueno, ¿tú la conoces?

—Claro, chico, es una blanquita de pelo largo que se da tremenda importancia y se tira el peo más alto quel culo. Anda, preséntamelo. ¿Es español?

—No, es finlandés. —Le dije lo primero que se me ocurrió—. Vamos a hacer una cosa. Este tipo está encarnado en ella porque yo le enseñé una foto. Si no la encuentro vengo por aquí y te ligo con él. Pero dime por dónde anda Olimpia.

—Ta' bien. Yo creo que anda por el Habana Libre. Acuérdate, si no la encuentras me traes al gordo ese, que lo voy a sofocar.

—Chao —le sonreí y arranqué con Góngora para el hotel. La cafetería estaba repleta, y el inmenso *lobby* recién remodelado por la cadena Tryp parecía un acuario lleno de peces variopintos entre los que se deslizaban las rameras adolescentes montadas en zapatos italianos.

Nos sentamos en un diván tan mullido que casi resultaba incómodo; me vino a la mente el sofá de Ydalsys y recordé su pubis. Una muchacha uniformada pasó vaciando los ceniceros, el que teníamos al lado albergaba una triste colilla, pero así y todo lo vació en el saco que traía. Se le notaba a una legua que estaba cansada de aquel monótono trabajo, pero se las arreglaba bastante bien para mantener la expresión de una azafata de aerolínea internacional.

—¿Te la llevaste? —preguntó el gordo con tono de amargura—. Esa muchacha tiene que darle vueltas al *lobby* durante toda su jornada vaciando los ceniceros. A lo mejor tiene estudios, pero fíjate a lo que se dedica.

Yo no estaba para esas disquisiciones.

—Es así como tú dices; a lo mejor es física nuclear, pero está trabajando aquí con sus ceniceritos por lo que tú sabes, las propinas, los regalitos, el invento. Y, además, nadie la obliga.

—¡Coño, Andux! —explotó Góngora—, nadie la obliga, salvo las circunstancias, ¿no? ¿Sabes que mi hijo Aliosha está loco por dejar la universidad? Me costó muchísimo trabajo que no lo hiciera, y todavía no lo tengo convencido del todo. Te imaginas a un chiquito con tercer año de derecho con un saco lleno de botones ridículos, guantes blancos y una gorra de plato abriendo y cerrando puertas de carro en la entrada del Meliá Cohíba. Por eso pedí la baja de la pincha, para poner una paladar y buscarme los baros, a ver si lo complazco un poco y termina la carrera.

Así es como siempre ha sido, un tipo responsable, buen amigo, buen marido y buen padre, a pesar de lo jodedor que era antes de casarse.

Extendí una mano y le di un manotazo en el hombro. Eso en nuestro código de señales significa: «No cojas lucha, que te comprendo y estoy contigo».

—Vamos a ponernos para este negocio que el mundo no tiene arreglo —le dije—. Espérame ahí con cara de extranjero, voy a dar una vuelta a ver si Olimpia aparece.

Me levanté y vagabundeé un poco por el *lobby*, mi aspecto no debía de ser muy recomendable, pero nadie me molestó. Vi a ocho o diez fulanas mariposeando entre los huéspedes, y otras que entraban acompañadas y se encaminaban a la discoteca.

Estaba regresando adonde me esperaba el gordo cuando la vi. La descripción de Ydalsys era exacta cien por cien. Una trigueña alta y escultural, en el límite entre blanca y mulata, vestida con indudable buen gusto.

Simulé que buscaba a un conocido. Decidí arriesgarme, porque si aquel monumento se acercaba a alguien, el afortunado no la soltaría más.

—Buenas noches —le dije, saliéndole al paso—. ¿Tú eres Olimpia?

Me miró y al instante supe que la melena y la barba le desagradaban.

Dejó caer la palabra «sí» como una aristócrata deja caer su pañuelo para que se lo recojan.

—Yo soy amigo de Nilda. Ella me dijo que te viera para presentarte un finlandés al que le interesa ir a casa de Ydalsys.

«Si ya sabe que Nilda está muerta estoy embarcado.»

—¿Y ella por dónde anda? —preguntó con una pizca de recelo—. ¿Por qué no vino contigo?

—Está complicada con unos gallegos.

Me volvió a mirar de arriba abajo, esta vez con más condescendencia.

—Bueno, vamos a ver al finlandés ese.

Góngora nos vio venir y se puso de pie. Yo crucé los dedos.

Olimpia lo saludó en un inglés perfecto y con una sonrisa de las que causan una erección a un eunuco. Góngora le contestó en el mismo idioma y sentí que cualquier posible tensión no aparecería, el hielo se derritió cuando Olimpia lo saludó a la cubana, con un solo beso un poco más cálido de lo que se acostumbra en una simple presentación. Nos sentamos, y al rato me convencí de que Olimpia no era una tipa de tres por kilo, era educada y tenía una conversación agradable.

Se suponía que yo no hablaba inglés; me mantuve en un segundo plano mientras Góngora charlaba con ella.

La muchacha de los ceniceros pasó por enésima vez y cuando se iba le lanzó una mirada muy rápida a Olimpia. Una mirada llena de desprecio.

Me imaginé que cada día debía de comparar el trabajo que le costaba ganarse el sustento con lo que ganaban Olimpia y sus colegas en una noche. Me agradó que aquella niña extenuada todavía tuviera la decencia en su sitio. La miré mientras se alejaba arrastrando los pies y pensé que si seguía mucho tiempo trabajando de pie pronto tendría varices.

Góngora propuso que comiéramos algo y estuve a punto de meter la pata contestándole en español que todavía no tenía hambre, pero me callé a tiempo.

La muchedumbre de la cafetería ya no estaba. Nos sentamos junto a los cristales que dan a la entrada.

Inexplicablemente, la intensa iluminación de aquella isleta del primer mundo me hizo recordar las tristes luminarias de mi calle, que a pesar de todos los esfuerzos del historiador de la ciudad, aún no ha recibido los beneficios de la restauración y sigue siendo un verdadero asco. Deseché ese pensamiento herético y traté de seguir la conversación aparentando que no entendía nada.

Trajeron el pedido. Un gran sándwich para Olimpia y dos pizzas Margarita para el gordo y para mí. Acompañamos la comida con cerveza y cuando estábamos tomando el postre Góngora se tiró de cabeza.

—Mira —le dijo de pronto a Olimpia en español—. Yo no soy finlandés ni la cabeza de un guanajo, lo que pasa es que teníamos que hablar contigo.

Esperaba que se alarmara, pero no fue así. Tragó una cucharada de helado y dijo muy tranquila:

—Desde que te vi me di cuenta de que eres más cubano que yo, pero cuando me invitan a comer, me da igual con un indio que con un esquimal.

Góngora se rió de medio lado y me lanzó una mirada asesina. De pronto los tres nos echamos a reír, y la cara de Olimpia dejó de parecerse a la de una vampiresa de película y fue una muchacha sencilla y bonita, pero duró poco.

—Antes de que me lo preguntes, no somos policías ni nada. Somos primos de Nilda, a ella la mataron y nosotros estamos averiguando quién fue.

Ahí sí que Olimpia se asustó. Abrió tamaños ojos y casi se atragantó. Se quedó como alelada y se echó a llorar en silencio, sin aspavientos.

—¿Cómo que la mataron? ¿Cuándo fue eso?

—Hace unos días —intervine yo.

El maquillaje se le había corrido. Pensé en darle mi pañuelo, pero me lo iba a ensuciar de lágrimas negras. No hizo falta mi cortesía; ella misma sacó un *kleenex* del trasto de lentejuelas y raso que era su cartera y se limpió la cara mirándose en un espejito. Respiró hondo y se nos encaró.

—¿Qué quieren entonces?

—Que nos digas todo lo que sepas de la gente con la que andaba ella. Cualquier cosa que sirva para averiguar quién la mató.

—¿Seguro que ustedes no son policías?

—No, chica —dijo Góngora señalándome—. ¿Tú crees que el tipo este puede ser policía con esa facha?

—Perfectamente, yo no nací ayer y me sé todo eso de los policías infiltrados, disfrazados y demás. ¿Tú te crees que yo no he visto nunca *Día y noche*?, pero voy a confiar en ti. No sé mucho, nosotras íbamos a casa de Ydalsys de vez en cuando a ver pellejos y a hacer cuadros. Siempre con tipos importantes. Nosotras no nos echamos a cualquiera.

—Dime nombres —le pidió Góngora sacando una libretica y un Bic del bolsillo.

Olimpia meneó la cabeza, alarmada.

—Oye, ¡a mí no me metas en líos!

—No te vamos a meter en nada —le aseguré—. Cuando salgamos de aquí no te conocemos ni te hemos visto nunca.

Le dimos una coba grandísima hasta que se decidió.

—Un par de japoneses que trabajan en una firma de componentes de computadoras que se llama Igoda S. A. El nombre de uno es Igurashi y el otro se llama Kenzaburo, no me preguntes los apellidos porque bastante trabajo me costó aprenderme esos nombrecitos.

—¿Alguien más?

—Sí. Nilda iba a veces sola con un español que se llama Sebastián; este gallego tiene un negocio aquí, pero no sé de qué. Y también fuimos muchas veces con unos daneses, uno se llama Kenneth, y es el subgerente de la compañía Scandorama; el otro es un amigo suyo que se llama Olle. Yo fui también con dos rusos de la Embajada, Dimitri y Semión, pero creo que ésos ya no están en Cuba y no estoy segura de si conocieron a Nilda.

—Oye, ¿y ninguna de esa gente andaba con drogas?

—¡No! ¡Estás loco, yo no me meto en eso, y Nilda tampoco! Ydalsys le mete a la yerba, pero nosotras no.

—¿Ésos son todos?

—Sí, chico. Te dije que no nos acostamos con todos los empresarios de La Habana, la competencia es grande.

—Claro —le sonreí, pero ella no me prestaba atención. Estaba mirando por sobre mi hombro.

—Por ahí viene María, una amiga mía que también hace cuadros, pero no hablen nada delante de ella, que es muy lengua larga. Ya les dije todo lo que sé.

Una rubia gorda y aparatosa llegó con mucho aspaviento, saludó a Olimpia y luego nos estampó un beso a cada uno. Estaba llena de curvas y roscas adiposas y parecía albina de tan blanca, pero sus ojos verdes y una nube de perfume suave que la acompañaban la convertía en una criatura intensamente sexy. Se sentó con nosotros y enseguida se puso a hablar hasta por los codos, como si nos conociera de toda la vida. Aguantamos media hora y luego dijimos que teníamos que irnos. Nos despedimos en la puerta y las dejamos irse a su trabajo.

Góngora me llevó hasta el Parque Central. Durante todo el camino nos mantuvimos en silencio.

—Mañana vengo por tu casa y nos sentamos a pensar —me dijo distraídamente al despedirnos.

—Saluda a Olga —le grité cuando se alejaba.

A mitad de la escalera de mi edificio me encontré con el Asmático, que venía bajando.

—¡Coño, compadre! —me espetó entre jadeos—. Hace días que te estoy buscando.

Le puse mala cara.

—Sube conmigo, tengo algunas cosas para ti.

Le di tres negras que tenía hechas desde antes de la muerte de Nilda y una pieza un poco más elaborada que representaba un delfín y un niño. Me pagó y se fue.

En cuanto estuve solo me empezó la tristeza. Hurgué en el refrigerador, pero no tenía nada que beber.

Me acosté y soñé con Nilda.


—Aurora —la voz del jefe sonó deformada por el intercomunicador—. ¿Puede venir?

Aurora Basáñez se levantó de su silla, rodeó su mesa y entró en la oficina interior.

—Tengo que salir a ver unos asuntos —le dijo Higuera. Estaba sentado de perfil y guardaba un cuaderno en la gaveta—. Ahí le dejo esos conocimientos de embarque. No los he podido revisar, hágalo usted.

—Muy bien —dijo Aurora, y tomó un grupo de documentos del buró—. ¿Quiere un café antes de irse?

Higuera parecía un poco distraído. Interrumpió lo que estaba haciendo y le sonrió.

—Ahora que lo dice, sí, por favor. No he tomado nada desde el desayuno. Póngale una nubecita de leche.

Aurora dejó los papeles sobre el buró, entró en el *pantry*, tomó un termo y vertió un poco de café retinto en una taza de porcelana, le agregó un chorro de leche evaporada, salió y se la dio a Higuera, que se había levantado de su silla y la esperaba en medio de la oficina con el portafolio en la mano.

—Déme eso.

Le quitó el portafolio y lo sostuvo mientras él bebía.

—Es probable que no regrese, así que a las cuatro cierre y váyase. Y dígale a Justo que mañana esté temprano en el puerto para sacar las cajas de atún.

Higuera salió. Aurora regresó al *pantry*. Se sirvió café, lo paladeó y encendió un cigarro.

Regresó a la oficina, se sentó en la silla de Higuera, algo que le encantaba hacer cuando él no estaba, y tomó los papeles que debía revisar.

Estaba cansada y no tenía deseos de revisar nada, pero en su mente estaba profundamente incrustada la noción de la disciplina. Era el resultado de casi dos décadas en el Ministerio del Interior, en una época en que ni siquiera hubiera soñado con el trabajo que tenía asignado ahora.

Cuando la atacaban los deseos de remolonear, comparaba mentalmente el confort de su oficina refrigerada con aquella donde había trabajado veinte años bajo un ventilador Orbita que nunca lograba disipar los calores del verano, evaluaba el bienestar producido por los trescientos cincuenta dólares que su jefe le pasaba cada mes por debajo del tapete, aunque su salario nominal era de doscientos cincuenta pesos, y de inmediato recobraba el ímpetu, como un caballo cansado a mitad del *derby* al que le aplicaran una picana eléctrica en las ancas.

Puso los papeles en orden y se disponía a revisarlos cuando notó que la gaveta estaba cerrada a medias y le molestaba en el vientre. «Tengo que hacer dieta, estoy barrigona», se mintió por enésima vez. Empujó la gaveta, pero no pudo cerrarla porque un cuaderno con tapas duras puesto de cualquier manera se lo impedía.

«Este hombre se mata por el café. No hice más que mencionarlo y dejó este libro tirado y la gaveta medio abierta.»

Lo sacó para acomodarlo y le dio por curiosear. Parecía una agenda, pero allí sobre el buró estaba la agenda de Higuera, la que usaba todos los días.

Lo abrió por la primera página.

*«Durante mi infancia no sucedió nada que justificara el que más tarde me convirtiera en lo que soy»*, leyó con cierta sorpresa.

«Es una novela.»

Se levantó, fue a la ventana y comprobó que el coche del jefe ya no estaba en el parqueo. Cerró con seguro la puerta de la oficina.

Regresó a la blanda silla de ejecutivo y siguió leyendo. Varias páginas más tarde empezaron a temblarle las manos. Le parecía que se había asomado por un agujero a un antro inmundo donde una criatura abyecta se entregaba a prácticas demoníacas. Tuvo que levantarse a orinar y tomarse un vaso de agua antes de poder reanudar la lectura.

En el momento del relato en que se presenta la prostituta sádica ya no pudo leer más, se ahogaba.

«Dios mío, yo tengo que informar esto.»

Fue al teléfono y marcó un número que sabía de memoria.

Una adusta voz de mujer atendió del otro lado.

—Comuníqueme con Saúl —pidió Aurora.

—Saúl no está —le contestó la telefonista—. ¿Quiere dejarle algún recado?

—Sí —dijo Aurora—. Cuando regrese, dígale que su prima Arminda lo llamó, que necesita verlo antes de irse para Cienfuegos.

Colgó y esperó fumándose un cigarro que no le supo a nada. El teléfono sonó cuando aplastaba la colilla en el cenicero.

—¿Arminda? —preguntó el hombre que no se llamaba Saúl ni era su primo.

—Tengo que verte.

El otro no preguntó nada. La palabra Cienfuegos en el recado que acababa de recibir le indicaba que era algo urgente.

—A las cinco, donde tú sabes.

Aurora colgó, dejó el cuaderno en la misma posición dentro de la gaveta, cogió los Conocimientos de Embarque y fue a sentarse en su propio buró.

Se obligó a dominar el nerviosismo y leyó de cabo a rabo todos los documentos. Cuando hubo terminado tomó una nota autoadhesiva, la pegó en la hoja de encima y escribió en ella «todo OK». Unió el grupo de papeles con un clip y lo puso en el buró de Higuera.

A las cuatro y media apagó las luces, cerró la oficina y bajó a la calle sintiéndose como un diente flojo. «¿Qué voy a hacer si este trabajo se jode?»

Cuando llegó al bar La Mina ya Saúl estaba sentado a una mesa, tan tranquilo y circunspecto como siempre.

—¿Quieres una cerveza?

Asintió y se sentó. La calma de aquel hombre se transmitía por una especie de ósmosis espiritual. Nunca lo había visto alterado, ni apurado. Durante el tiempo que tardó el camarero en traer la cerveza Aurora se relajó.

Saúl bebió un sorbo largo, se alisó con las manos el pelo que ya le empezaba a encanecer y dijo:

—¿Qué es lo que hay?

Aurora comenzó a hablar. Saúl escuchó el relato sin pestañear.

—Está puñetero eso —observó con voz pareja cuando Aurora hubo concluido—. Si es verdad lo que se relata, quiero decir. ¿Qué tú crees?

—No sé qué decirte —admitió Aurora—. Ese hombre hasta ahora me ha parecido muy normal, tal vez un poco misterioso, pero nada fuera de lo común.

Saúl asintió.

—Mira. La próxima vez que te quedes sola en la oficina me llamas, yo estaré disponible todo el tiempo en el teléfono que tú sabes. Vengo con otro compañero y lo fotografiamos todo para hacer un estudio. No te precipites, asegúrate de que todas las condiciones sean favorables. Si el personaje nos sorprende se forma un lío que llega hasta la Embajada.

—Pero esa gaveta siempre la tiene cerrada con llave.

Saúl sonrió.

—Para abrir cosas cerradas siempre se encuentra un especialis-
ta. Yo mismo soy uno.

Pidió otra cerveza.

—Vete tú primero —dijo enseriándose—. Yo me quedo un rato
más. Y no te preocupes, que lo tendremos todo bajo control.

# 7

Me desperté y durante un tiempo de duración indefinida no fui consciente de dónde me hallaba ni del momento que transcurría. Luego se fue dibujando una retrospectiva en mi memoria y las imágenes del entierro de Nilda, de la incursión en su cuarto vacío y de la golpiza que le propiné a Angelito me situaron de nuevo en la realidad. El gordo llevaba cuarenta y ocho horas sin aparecer y ya me estaba impacientando. La noche antes lo llamé y me dijo con mucho misterio que esperara por sus noticias.

Me empujé fuera de la cama y anduve como un fantasma por el cuarto pensando vagamente en que debía desayunar algo. Encendí un cigarro a modo de aperitivo y me puse a hacer café. Deseaba un trago. Miré el reloj y pensé en llegarme a Harris Brothers a comprar una botella, pero dominé ese impulso, necesitaba estar sobrio; además, si continuaba con ese tren de pelea me convertiría en un curda.

Una somera investigación en el refrigerador reveló una pieza de pan congelada y un montoncito de picadillo olvidado. Con esos materiales hice un emparedado aceptable y lo acompañé con medio vaso de café. «Tengo que comprar comida», pensé por enésima vez. Encendí un segundo cigarro y me preparé a enfrentarme con la vida, o al menos con lo que me quedaba de ella.

Cuando Góngora llegó ya yo estaba vestido.

—¡Madrugaste!

—No me digas nada —resopló como siempre—, estoy levantado desde temprano. Olga se empeñó en ir al Agro y me hizo cargar dos jabas de viandas. Dame café, anda.

Serví una taza —al gordo no le gusta tomarlo en vaso— y nos sentamos. Enseguida lo noté un poco raro.

—¿Qué te pasa, compadre?

—Traigo una noticia del carajo —hizo una pausa de efecto como los grandes oradores, pero en vez de arreglar los micrófonos se bebió el resto del café—. Anoche llamé al socio de allá, y me pasó una información que llegó por la vía secreta. Ya le entró la suspicacia, me dijo que no lo jodiera más, que ésta era la última vez, así que se acabó.

—Bárbaro, pero ¡dime de una vez qué fue lo que te contó, coño!

—La secretaria ejecutiva de una firma extranjera de importaciones de conservas informó sobre un manuscrito que encontró en el buró de su jefe. El oficial que la atiende trató de fotocopiar el documento, pero no pudo, porque al día siguiente su dueño se lo llevó consigo, pero hizo que la secretaria repitiera lo que había leído a varios psicólogos. Es un relato autobiográfico en el que cuenta con pelos y señales una serie de asesinatos de mujeres en la ciudad de Bilbao. No han llegado a una conclusión definitiva sobre si es un diario que está llevando ese tipo o simplemente una novela. Van a contactar a la policía del País Vasco para buscar más evidencias.

Los pelos de la nuca se me habían erizado.

—Eso juega perfectamente con lo que te contó hace unos días de las muchachas desaparecidas —observé—. ¿Han pensado en la conexión entre ambas cosas?

Góngora asintió y se quedó callado, como tratando de recordar algo.

—¡Oye! —me soltó de pronto—, ¿tienes ahí la agenda?

—Gordo, la agenda la tienes tú.

—¡Coño! Es verdad. —Hurgó en el bolso de Iberojet que traía en bandolera y sacó la agenda. Le dio un vistazo rápido a la tapa y puso una cara como si hubiera ganado un Oscar.

Cogió la agenda con dos dedos y me la puso delante de los ojos.

—¿Qué dice ahí?

—Conservera Cantábrica S. A. —deletreé.

—¡Qué estúpido soy! Si es un perro me muerde.

—Pero ¿de qué hablas? —me impacienté.

—Ésa es la firma donde trabaja la mujer que dio el pitazo. El representante en Cuba es un español que se llama Juan Luis Higuera, es el hombre en cuyo buró se encontró el manuscrito. —Miró la agenda como si hubiera sido una víbora. Buscamos dentro, en la lista de nombres y la pista estaba en la tapa.

Me puse de pie y tumbé la silla.

—¡Ése es el que mató a Nilda! —El corazón se me quería salir—. ¡Seguro!

—¡Tranquilízate! Todavía no hay nada concluyente.

Abrí la boca para protestar, pero me calló con un gesto.

—Es un problema delicado, caballo. Se trata de un empresario extranjero; como te imaginarás, el asunto se va a llevar con mucha discreción y todavía más tacto. Creo que aquí nos tenemos que detener y que la policía se encargue.

La sangre se me sublevó.

—¡No me vengas más con esa mierda! ¿Es que no entiendes? —me quedé callado durante un rato, porque me ahogaba.

—Está bien, vamos a hacer una cosa. Le montamos un chequeo al gallego, y si lo cogemos en algo llamamos a la policía.

«Después que lo descojone», pensé para mis adentros, pero dije en voz alta:

—De acuerdo. Vamos, que para luego es tarde. ¿Dónde está la firma del hijoeputa ese?

—En la Lonja del Comercio.


A las cinco de la tarde estábamos entumecidos y hartos de fumar dentro del carro y vigilar la entrada de la Lonja.

—Esto es más divertido en las películas —gruñó el gordo reacomodándose—. Dame más.

Alcancé el último de los cuatro paquetes de galleticas de crema que habíamos comprado para matar el hambre y nos pusimos a masticar al unísono.

—¿Estás seguro de que puedes reconocerlo por la descripción que te dieron?

—Seguro. Lo tienen detallado. Además, el socio me dijo que anda en un Honda Accord blanco, y me los corto si no es aquel que está parqueado allí.

Higuera.

Tenía el nombre destellando en el cerebro como el anuncio en la fachada de una multinacional.

No conocía a quien lo llevaba, pero tenía dentro una tonelada de odio frío lista para descargársela encima.

Durante las largas horas que llevábamos allí logré racionalizar ese odio, ponerle bridas y cincha para cabalgar en él hacia mi venganza. Me repetí varias veces una frase oída en una telenovela: «La *vendetta* es un plato que se come frío», y me autoconvencí de que necesitaba estar sereno. El objetivo estaba allí cerca, ya no era un fantasma desconocido.

Miré de reojo al gordo, que masticaba a dos carrillos y probablemente pensaba que yo no me había percatado de sus verdaderas intenciones. Me seguía la rima para tratar de impedir que yo hiciera lo que quería hacer.

Un codazo en las costillas me puso alerta.

—Mira.

Un hombre vestido con un traje gris salía de la Lonja acompañado de una mujer ya no joven.

Se detuvieron en la acera y cambiaron un par de frases.

—Ése mismo es —afirmó Góngora—. Es tal como me lo describieron.

La mujer se alejó, abordó un Fiat polaco un poco destartalado aparcado frente al Seaman's Club y se dirigió a la avenida del Puerto.

Higuera echó a andar y dobló por la calle Oficios en dirección a la plaza de Armas.

—Dale, que por ahí no podemos seguirlo en el carro —barbotó el gordo, y salimos a la carrera a la plazoleta. La cruzamos a zancadas y doblamos la esquina en el preciso momento en que el español entraba en el hostal de Valencia.

Góngora me miró, indeciso.

—¿Tienes dinero?

—Sí —le contesté—. Muévete.

Moderamos el paso y entramos en el hostal como dos paseantes sin prisa. Enseguida lo vimos, sentado a una de las mesas del patio. Ocupamos la única que quedaba libre, a menos de cinco metros de distancia. Cogí la carta y me obligué a leerla.

Un camarero tomó el pedido de Higuera y luego nos atendió a nosotros. Le pedí dos bocatas de jamón y chorizo y dos cervezas sin quitarle la vista de encima al español.

Góngora me dio un pisotón bajo la mesa.

—¡No lo mires más, coño, que se va a dar cuenta!

—No lo puedo evitar —murmuré.

—Fuma, come, hazme un cuento de Pepito, lo que quieras, pero quítale los ojos de encima.

Me puse a mirar las plantas que adornan el patio.

En su mesa, el español comía tranquilamente y hojeaba unos papeles que había sacado de su maletín. Tenía el aspecto de un simple y anodino oficinista, un chupatintas cualquiera, de esos que se llevan trabajo a la casa todos los días hasta que la mujer se aburre y le pega los tarros.

—Tiene cara de comemierda —le dije al gordo.

—Dicen que la mayoría de los asesinos múltiples son apocados e insignificantes, así que no te guíes por eso, que seguro es una bola de humo.

El español terminó de comer, pidió la cuenta y se dispuso a marcharse.

Nos atragantamos el resto de los bocatas, agitamos al camarero para que nos cobrara y salimos a la carrera detrás de él.

El gallego cogió su carro y nosotros entramos en el maltratado Moskvich de Góngora. Lo seguimos por todo el Malecón, cruzamos el túnel, continuamos por Quinta Avenida hasta la calle Sesenta, donde dobló a la derecha y se detuvo frente a la casa número 112. Seguimos de largo disminuyendo la velocidad para ver qué pasaba hasta que lo vimos abrir la puerta.

—Dale la vuelta a la manzana a ver qué hay por detrás.

Nos detuvimos frente a un solar yermo al fondo de la casa del español.

—Ya sabemos dónde vive. Ahora tenemos que pegarnos a él con cola.

—¿Y cómo hacemos?

—Quedarnos aquí hasta la noche, a ver si sale. Voy a regresar a la otra calle y lo vigilamos desde la esquina.

A las doce de la noche se apagaron las luces y nos largamos. El gordo me dejó en Veintitrés y Paseo.

—Estoy corto de gasolina. Mañana te recojo a las nueve y nos posamos en la Lonja.

Asentí y me fui a coger el Camello en la calle G, porque a esa hora no hay quien encuentre un taxi. Llegué tardísimo a la casa y dormí como si tuviera hormigas en la cama. Me desperté con un humor de perros.

A las ocho tocaron a la puerta y la abrí con intenciones homicidas. Era Abelardo, con un envoltorio. Ni me acordaba que le había dejado la libreta días atrás.

—Le traigo el pan de cuatro días —me informó en susurros—, como siempre. Y los huevos.

Le di las gracias con una sonrisa amplia e hipócrita y cerré la puerta sin darle ocasión de chismear.

Decidí organizar una ceremonia conmemorativa y preparé una tortilla con dos huevos, le puse un chorro de *ketchup* y la metí dentro de un pan redondo de la cuota. Me serví medio vaso de café y trasegué todo el banquete. Apenas había comenzado cuando apareció el gordo con cara de velorio.

—¿Olga te tiró de la cama?

—No, pero está al mandarme para el carajo, y Aliosha se fue para un campismo con esa novia feísima que tiene, así que todo el tiempo está puesta para mí.

—No te quejes, que a ti te gusta.

Me contestó con una sonrisa torcida y se sirvió café. Media hora después estábamos de nuevo en el puesto de observación de la Lonja.

—Mira —dijo Góngora—. Aquí tengo el teléfono de la compañía. Llama y pregunta por él, no sea que estemos aquí comiendo bolas y el hombre esté por otro lado.

Encontré un teléfono de monedas a cuatro cuadras. Me contestó una mujer:

—Conservera Cantábrica, dígame.

—¿El señor Higuera se encuentra?

—Sí, señor, ¿de parte?

Colgué.

—Está —le informé a Góngora. Nos dedicamos a llenar de humo el interior del carro.

—Supongo que hoy saldrá más temprano, es viernes, día de salir a bailar y a joder para los que pueden.

Pasaron las horas, largas y tediosas. Salimos por turno a comprar cigarros, a estirar las piernas, a orinar en un bar. Bostezamos y nos aburrimos hasta las cuatro de la tarde, en que nuestro hombre salió, se montó en su nave y se fue como un bólido en dirección a Miramar.

Lo seguimos. Nos apostamos en la esquina de su casa y volvimos a aburrirnos hasta las nueve de la noche, en que reapareció vestido con una camisa de batik, pantalones de caqui color arena y sandalias.

—Éste se va a guarachar —observó el gordo.

Nos pegamos a él hasta el hotel Cohíba, se detuvo allí el tiempo suficiente para recoger a una mulata espectacular que lo estaba esperando y regresó a Miramar por el túnel de Línea. Veinte minutos después se detuvo en la discoteca del hotel Comodoro.

—Bueno, a esperar otra vez —comenté con fastidio. Góngora me contestó con un gruñido.

A las doce de la noche miré el reloj y me acomodé en el asiento.

—Despiértame cuando salga.

—Ahí va —dijo Góngora, y al instante el sueño se evaporó. El español venía saliendo. La muchacha le pasó un brazo por los hombros y le estampó varios besos en la cara. Se alejaron en busca del carro sin dejar de apretujarse.

Góngora encendió el motor. Esperó a que el español pasara por nuestro lado y lo siguió. La vigilancia estaba volviéndose monótona.

—Tengo el pálpito de que esta noche va a matar —murmuró mientras se esforzaba por no perderlo de vista sin acercársele demasiado.

—A mí me pasa lo mismo —admití.

Me estremecí. La muchacha que acompañaba a Higuera estaba en peligro, pero nosotros nos manteníamos a distancia, como si observáramos un raro fenómeno de laboratorio; atentos, pero distanciados.

La calle Tercera estaba muy oscura. El carro de Higuera aceleró y el gordo soltó una palabrota.

—No te preocupes, sabemos dónde vive.

—Sí, pero a lo mejor se mete por una bocacalle, se parquea en la oscuridad y mata a la chiquita. No sabemos si lo hace en su casa.

Tenía razón. Saqué un cigarro y fui a encenderlo sin darme cuenta de que ya tenía otro humeando en la boca. Entonces me percaté de lo nervioso que estaba, un sudor frío me empapaba la espalda. El gordo lo advirtió y me hizo una broma. Lo mandé a freír espárragos y eso nos relajó un poco.

Los árboles desfilaban como fantasmas oscuros y el carro de Higuera estaba como a cincuenta metros por delante de nosotros.

—Dobló izquierda —dijo Góngora—. Va para su casa.

Unos minutos después estábamos detenidos frente al solar yermo.

Podíamos ver el fondo de la casa entre los árboles. Algunas luces estaban encendidas.

—Vamos a esperar un poco —dijo Góngora.

—Oye, ¿y si la mata?

La pregunta quedó en el aire mientras Góngora reflexionaba.

—Estos tipos primero se acuestan con ellas y después las matan. Hay que darle tiempo para cogerlo con las manos en la masa.

—Coño, pero sabemos que es peligroso. Estamos jugando con la vida de esa muchacha.

El gordo resopló antes de replicar.

—No lo sabemos, lo suponemos, y no estamos jugando con nadie. Esa tipa es la que juega con su propia vida al meterse en la cama con cualquiera.

Iba a decirle que hablaba como un cínico, pero me callé. No sacaba nada con discutir. Me mordí la lengua y seguí con los ojos clavados en el fondo de la casa rumiando mi nerviosismo.

Después de una eternidad, Góngora carraspeó y me dijo:

—Vamos a entrar. Escucha bien, hay una posibilidad entre mil de que ese gallego sea sólo un extranjero más de los tantos que se acuestan con cuanta jinetera se le atraviesa en el camino y no un asesino. No te precipites. Mira primero antes de hacer cualquier locura.

Atravesamos la calle y nos metimos en el solar, trastabillando con la maleza y el sinnúmero de cachivaches que la desidia de los vecinos había arrojado en él.

Una cerca no muy alta separaba el terreno del patio de la otra casa. La escalamos entre bufidos de Góngora, que se rompió los pantalones. Nos acercamos a la pared del fondo, donde había una puerta.

—Entra por ahí —le dije—. Yo voy a mirar por las ventanas del costado.

Lo dejé empezando a forzar la cerradura y me deslicé por el pasillo entre la pared de la casa y el muro de la propiedad vecina.

Cerca de la entrada encontré un ventanal de cristal medio velado por una cortina de tela fina.

Lo suficientemente fina para permitirme ver dos cuerpos revolcándose en el suelo en medio de la sala.

«Está matándola», pensé. Me subí al alféizar y rompí el vidrio a patadas.


Saltó en medio de los cristales rotos y atravesó a zancadas la sala.

El hombre desnudo que estaba agazapado sobre el cuerpo exánime de la muchacha se irguió y le clavó la vista. La sorpresa lo dejó paralizado.

Andux vio la navaja en las manos del español y advirtió la sangre que manchaba su boca y le corría por la barbilla, el cuello y el torso. Aún tenía una fuerte erección.

Se le tiró encima y aferró la mano armada, retorció la muñeca hasta que un crujido anunció el hueso roto. La navaja cayó al suelo. En un paroxismo de dolor, Higuera lanzó un aullido mientras intentaba sostenerse la muñeca partida con su otra mano.

Andux se movió arrastrado por una fuerza irracional. Se agachó, aferró la navaja y asestó un tajo en la garganta de Higuera.

El grito de éste se disolvió en un gargarismo. Intentó decir algo, pero la voz se le perdió entre bocanadas de sangre, miró a Andux con odio y cayó de medio lado junto a su víctima, pataleando mientras agonizaba.

Andux se ahogaba. El aire de la habitación entraba en sus pulmones como ácido nítrico. Se estremecía con movimientos espasmódicos como un perro frenético.

Góngora terminó de forzar la puerta con una patada. Los ruidos que oía le indicaron que prescindiera de más precauciones. Empujó la hoja, se deslizó en una cocina oscura, atravesó la casa como un fantasma hasta llegar a la sala.

Abarcó la escena con una mirada, se sobrepuso con esfuerzo al acceso de terror que le subió desde los testículos, se agachó y recogió la navaja que Andux había dejado caer, la plegó y se la metió en el bolsillo.

—¡Te dije que no hicieras nada, coño! —barbotó enfurecido. Andux estaba casi catatónico—. Dale, vámonos de aquí. ¡Trata de no pisar la sangre!

Lo sacó de la casa tirándole del brazo. Andux comenzó a reaccionar. Góngora lo soltó y salieron por detrás, saltaron de nuevo la cerca y entraron al carro. La calle estaba desierta. Góngora encendió el carro con una premura febril.

Tomó la avenida y aceleró en un irracional afán de alejarse de la escena de pesadilla que acababa de presenciar, pero de inmediato redujo la velocidad. Lo último que necesitaban era un policía poniéndoles una multa y fijándose en sus caras.

Junto a él, Andux seguía alelado. Góngora atravesó el túnel de Quinta y tomó el Malecón. Un poco antes del hotel Riviera se detuvo junto a la boca de una alcantarilla, arrojó dentro la navaja y reemprendió la marcha.

Al llegar al Prado dobló a la derecha y subió en dirección al Parque Central. Se estacionó frente al hotel Inglaterra. En la acera conversaban algunos noctámbulos que los observaron sin interés.

—Escúchame bien —le dijo a Andux—. Lo mejor es que te pierdas por un tiempo. ¿Me oyes?

Andux asintió en silencio.

—Me siento como si me hubiera arrollado un camión —dijo con cansada indiferencia.

—¿Aquella prima tuya todavía vive en Cárdenas?

—Sí.

—Bueno, recoge ropa y lárgate para allá, ¿me copias?

—El marido de mi prima era dirigente del Poder Popular y ahora es subgerente de un hotel en Varadero, tiene dinero como un caballo, está hecho un comemierda y no lo soporto —protestó débilmente Andux.

—Olvídate de eso, ignóralo o hazte su amiguito, pero vete, dentro de dos o tres semanas me llamas.

Andux salió del carro. Góngora sacó el brazo por la ventanilla, lo aferró por un hombro y apretó fuerte.

—Haz lo que te digo. Y cuídate, caballo.

—Chao —dijo Andux, y cruzó la calle.

Se quedó en la acera, abatido y desorientado, mientras el carro de Góngora se alejaba. Luego salió caminando, y a medida que atravesaba el Parque Central trató de entender lo que le estaba sucediendo. Llevaba semanas chapaleando en una idea obsesiva. Acababa de matar al causante de aquel estado y percibía el contenido real del hecho, pero no experimentaba la reacción emocional que había esperado. No estaba aliviado, ni sentía nada diferente del vacío que le había dejado la muerte de Nilda. La venganza era un fiasco.

Subió por la escalera del solar y entró en su cuarto como aletargado. De pronto tenía una inmensa necesidad de dormir, como si el sueño tuviera la capacidad de lavar su angustia, pero sabía que no podría descansar.

Rebuscó hasta encontrar una botella olvidada con cuatro dedos de whisky. La trasegó en dos minutos, y el calor del licor en su estómago le produjo una sensación muy próxima al relajamiento, pero no suficiente. Contempló la botella vacía unos segundos antes de decidirse a bajar a buscar otra en el Castillo de Farnés.

• • •

Góngora aceleró hasta el Capitolio y buscó la calle Zanja, siguió por ella hasta Infanta, continuó por Zapata y en Paseo dobló hacia su casa.

Le pareció que habían transcurrido unos pocos segundos desde que se despidiera de Andux cuando entró en su casa. El local de su futura paladar estaba oscuro como una cueva, pero en las ventanas de la sala había luz.

«Olga está despierta.»

Su mujer se levantó del sofá en cuanto él entró. Tenía los ojos secos, pero su nariz enrojecida indicaba que había llorado. En la mano tenía un pañuelo arrugado.

—¿Qué pasó? —Sabía sin ninguna duda que algo muy grave había ocurrido. Olga no era mujer de llorar por gusto.

—Aliosha se fue.

—¿Qué? —preguntó sin comprender—. ¿Adónde?

—Que se fue para el norte, en una lancha —dijo Olga con voz estridente. Levantó el pañuelo y Góngora vio que era un papel arrugado.

»Dejó esta nota, lo del campismo era mentira. —Olga empezó a llorar y Góngora deseó morirse allí mismo.

Lo único que consiguió de su cuerpo embotado fue levantar los brazos, apretar como un oso a Olga y dejar que las lágrimas le corrieran por la cara, porque tenía la garganta cerrada.


Durante el día el sol caldeaba el interior de la casa a través de los ventanales encristalados y las finas cortinas de encaje creando un efecto casi de invernadero. En poco tiempo los dos cadáveres se convirtieron en grotescos muñecos de vientres hinchados. Se formó un denso y maduro vaho de muerte que fue invadiendo la casa y finalmente se propagó hacia fuera por el cristal roto. La brisa del cercano mar propagó ráfagas del olor nauseabundo por toda la cuadra.

Periódicamente, el teléfono sonaba cuando Aurora llamaba desde la Lonja del Comercio intentando comunicarse con su jefe mientras éste yacía descomponiéndose a tres o cuatro metros del aparato. A los cinco días llamó a su «primo» Saúl y le explicó la situación.

—El chequeo dice que la casa lleva días cerrada y al hombre no se le ha visto entrar ni salir —dijo Saúl con su habitual calma—. ¿Crees que se haya ido de jodedera por ahí?

—No me parece —contestó Aurora—. Me hubiera avisado. Aquí tiene un montón de papeles que firmar.

—Está bien —dijo Saúl—. Hay que proceder, por muy empresario extranjero que sea el comemierda este. —No le dijo a Aurora que aquella misma mañana acababa de recibir por la vía de Interpol una comunicación en la que se mencionaba el nombre de Juan Luis Higuera vinculado a una prostituta sadomasoquista asesinada en Bilbao, un detalle que acabó de convencerlo de que el libro que había leído Aurora era un diario, no una creación literaria.

Cuando los dos carros sin insignias se detuvieron frente a la casa, una señora sesentona envuelta en una descolorida bata de casa salió de su portal arrastrando las chancletas y abordó a los agentes de civil.

El jefe del grupo escuchó con impaciencia la cháchara senil de la mujer, que se quejaba del mal olor que salía de la casa del extranjero y la despidió cortésmente mientras se preguntaba cómo coño aquella vieja había adivinado que eran policías.

Cruzaron la calle y tomaron posiciones con discreción. El jefe tocó la puerta varias veces. Luego dio la vuelta por el pasillo lateral. Y se acercaron a una ventana rota. Uno de los agentes, muy joven, tuvo una arcada, sacó un pañuelo y se cubrió la boca y la nariz. El jefe fulminó con la mirada aquel gesto de debilidad a pesar de que él mismo sentía náuseas debido al olor que salía por el agujero. Ordenó al joven que pidiera por radio la presencia de un forense, porque adivinaba lo que iba a encontrar dentro. Luego penetró por la ventana tratando de no herirse con los cristales de los bordes, y otro agente lo siguió.

Los dos cadáveres desnudos habían adquirido un tinte verdoso y ya comenzaban a reventarse. A su alrededor, un lago de sangre convertida en lodo pardusco burbujeaba y servía de pasto a un enjambre de moscas.

Los dos policías se quedaron inmóviles, haciendo esfuerzos para no vomitar e intentando no mirar directamente a los ojos muy abiertos y ya pútridos del hombre degollado.

Andux había perdido la noción del tiempo, se movía como dentro de un banco de niebla y sólo sabía que era de noche y llevaba bajo el brazo la enésima botella de curda que acababa de comprar. Tampoco se percataba de que llevaba días sin bañarse y que en la barba tenía migajas de pan y pegotes de algún vómito de resaca. Apestaba a sudor, llevaba el pelo como una maraña de colgajos grasientos y el dolor de cabeza le impedía pensar, pero la compulsión de beber era superior a cualquier otro inconveniente. No había dejado de hacerlo desde la noche en que mató al español.

Pasó por la entrada del Floridita y tropezó con una pareja de turistas. El portero, un joven bien afeitado y oloroso a colonia, le dio un empujón para quitarlo de en medio y se excusó con el matrimonio mientras les abría la puerta de cristal con una sonrisa estereotipada.

Andux se quedó tambaleándose en la esquina. «¡Yo combatí en Angola, maricón de mierda!», intentó gritarle a aquel petimetre disfrazado con un chaleco y una pajarita, pero le salió un tartajeo incoherente. Consiguió mantener el equilibrio y entonces vio a un policía que lo observaba con mala cara desde la esquina de enfrente. Continuó su camino, atravesó el parquecito de Albear y siguió andando a duras penas, apoyándose en las paredes y escupiendo cada dos o tres pasos el mal sabor que le subía desde el estómago.

Mientras cruzaba frente a la entrada del edificio Bacardí, un negro joven se separó de una de las columnas de la acera del hotel Plaza y cruzó la calle en diagonal para interceptarlo, caminaba con mucha lentitud, pero él no lo advirtió.

En la misma esquina de Empedrado y Monserrate tropezó con Andux, que sintió una extraña debilidad en las piernas cuando el cuchillo penetró por su costado izquierdo.

Intentó apoyarse en la pared, pero se cayó sentado. El agresor se inclinó y le murmuró al oído mientras retorcía el cuchillo dentro de su vientre, provocándole insoportables espasmos de dolor.

—Esto es de parte de Angelito. ¡Ah!, y pa' que sepas, a la putica amiga tuya fui yo quien la rompió, pa' que no jodiera más reclamando el dinero de la permuta. Hace rato que te taba cazando.

Andux vio borrosamente la cicatriz que afeaba el rostro del otro. Un segundo después, el desconocido ya se alejaba por Empedrado guardando el cuchillo bajo el faldón de su camisa.

Intentó incorporarse mientras la sangre le empapaba las manos con que intentaba taparse la enorme herida y encharcaba la acera. Resbaló y volvió a caer sentado.

En un balcón por encima de donde estaba, alguien encendió a todo volumen una grabadora y en el aire de la madrugada se difundió la canción proclamando que la vida es un carnaval y las penas se van bailando.

«Qué hora tan cabrona para poner música», pensó Andux con el último girón de lucidez antes de hundirse en la oscuridad.

Alamar.
Marzo-noviembre de 2000

**Visite nuestra web en:**

www.umbrieleditores.com